KRÄUTER, GEMÜSE, FRÜCHTE

Der Schlüssel zur mediterranen Diät

TITEL

KRÄUTER, GEMÜSE, FRÜCHTE
Der Schlüssel zur mediterranen Diät

AUTOR

Myrsini Lambraki

COPYRIGHT

Myrsini Lambraki

Raftopoulou Sr. 31,

71305 Heraklion, Kreta

TEL.& FAX: +30-81-210.052 & 346.554

NATEL: 0945. 468190

E-MAIL: mirsini@her.forthnet.gr

web site://users.forthnet.gr/her/mi

ERSTAUSGABE
Mai 2001

ISBN: 960-91513-3-7

ÜBERSETZUNG DES TEXTES
Daniel Schweizer

FOTOGRAFIEN

Douwe Hoogstins

Panagiotis Beltzinitis, Myrsini Lambraki

LAYOUT

MKS Metaxaraki Advertising

MYRSINI LAMBRAKI

KRÄUTER, GEMÜSE, FRÜCHTE

Der Schlüssel zur mediterranen Diät

Rezepte für
100 Gerichte und
& 30 Getränke

Inhaltsverzeichnis

Damaszenrrose

KRÄUTER – WAS IST DAS EIGENTLICH?

"Kräuter sind all jene Pflanzen, deren Blätter, Wurzeln, Stiele und Blüten verzehrt oder aber wegen ihrer aromatisierenden oder heilkräftigen Eigenschaften genutzt werden." So definiert das Oxfordwörterbuch den Begriff.
Es ist sofort ersichtlich, dass eine solche Definition eine große Vielfalt an Pflanzen umfasst, die verschiedenen Zwecken dienen: Pflanzen, die man für Tees oder andere Getränke braucht; Pflanzen die verzehrt werden oder die man zur Herstellung von Heilmitteln, Parfüms oder anderer kosmetischer Produkte verwendet. In den letzten Jahrhunderten hat sich die Bedeutung des Wortes "Kräuter" verengt und meint Pflanzen, die für Tees, Umschläge oder als "Rohstoffe" in der Volksmedizin oder modernen Pharmazeutik Anwendung finden.

NICHT NUR NAHRUNG, SONDERN AUCH DER GESUNDHEIT ZUTRÄGLICH

Die moderne Unterscheidung der Pflanzen in Gewürz- bzw. Heilkräuter, Gemüse, (Wild)Kräuter und Früchte hat sich im Laufe der letzten Jahrhunderte herausgebildet. Für die Alten Griechen, die Römer, Araber, Chinesen und Inder, aber auch für den Menschen des Mittelalters, gehörten all diese Pflanzenarten zur Kategorie der "botana", denn sie wirkten therapeutisch und regulierend auf den menschlichen Organismus ein - selbst wenn sie tagtäglich konsumiert und kombiniert mit verschiedensten anderen Speisen wie Fleisch, Fisch oder Getreide zubereitet wurden.
Auch und besonders die kretische Küche schließt in ihren täglichen Speisezettel verschiedene Nahrungsmittel (wilde Kräuter, Gemüse, Samen und Nüsse, Früchte) ein, die in eine Reihe mit den Küchenkräutern gestellt werden, da sie im Rahmen der täglichen Ernährung für den Organismus eine ähnliche Rolle spielen.
Für einen Koch im alten Griechenland, aber auch im Mittelalter gehörten Kopfsalat, Safran, Wildzwiebel, Spargel, Zichorie und sogar Granatäpfel und Waldbeeren zur gleichen Kategorie wie Salbei, Majoran und Diktamus, selbst wenn man sie nicht als Tee zu sich nahm. Im altgriechischen Schrifttum wird verschiedentlich auf die weitreichende gesundheitsfördernde Wirkung vieler Kräuter, Gemüse und Früchte hingewiesen, wie zum Beispiel in folgender Empfehlung: "Iss Brennnessel, um dich vor allen Krankheiten des Jahres zu schützen!"
Jahrhunderte danach schrieb John Evelyn 1699 über den Boretsch (borago), der roh als Salat gegessen wurde: "Seine Tugend, hypochondrischen Menschen neue Lebensenergie einzuflößen und diejenigen anzuregen, die harte geistige Arbeit zu leisten haben, ist wohlbekannt."
Eine besondere Stellung nimmt in diesem Zusammenhang jene Liste Karls des Großen (800 n. Chr.) ein, die zahlreiche wichtige aromatische Pflanzen aufzählt: diese sollten in den königlichen Gärten angebaut werden und erhielten die Bezeichnung "Freund des Arztes und Ruhm des Kochs".

DER MYTHOS VON DER GÖTTIN DER VEGETATION

Wie eng das Verhältnis unserer Vorfahren zur Natur und zu den Pflanzen war, zeigt sich nicht nur im reichen uns aus der Antike überlieferten Schrifttum, sondern geht auch aus der schönen mythologischen Erzählung von der Göttin der Vegetation namens Chloris hervor. Helmut Baumann beschreibt in seinem Buch " Die griechische Flora" im Kapitel "Mythos und Götterverehrung" auf eindrückliche Weise die mythologische In-Bezug-Setzung der Natur mit den Göttern und den Menschen: "Der Chloris (griechisches Wort für "Flora") halfen bei ihrem Werk die Horen (Jahreszeiten), Töchter der Göttin Themis und des Göttervaters Zeus und Begleiterinnen von Helios; sie wachten über Wachstum und Gedeihen und regelten in dieser Eigenschaft die Vegetationszeiten. Zephyr, der dem Westwind gebot, brachte den für das Neuerwachen der Natur so unerlässlichen Frühlingsregen. Die Okeaniden, unter deren Obhut die Gewässer standen, sorgten für das Pflanzenwachstum, indem sie sich um den Ozean kümmerten, den Ursprung aller Meere und Flüsse. Wo die Nymphen nicht hingelangten, schickte Zeus von der Höhe des Olymps herab Blitz und Donner und ließ das herrliche Himmelsnass auf Äcker und Wiesen niedergehen. Die Mondgöttin Artemis erfrischte die Pflanzen mit dem Reif der Nacht, und ihr Bruder Apollo erwärmte sie mit den lebensspendenden Sonnenstrahlen ...".

Viele Jahrhunderte später sind es dann Ärzte und Diätfachleute, die darauf hinweisen, wie bedeutend die mit Sonnenenergie "getankten" wilden Kräuter und das frische Gemüse sind: Die Mittelmeersonne lässt diese unglaubliche Vielfalt an essbaren Kräutern und Gemüsesorten gedeihen - "lebensspendende", für eine ausgeglichene und gesunde Ernährungsweise unerlässliche Nahrung!

Idol aus der spätminoischen Zeit. Diese Göttin trägt einen Kranz aus Mohnkapseln, ein Symbol der Gesundheit und Fruchtbarkeit

DIE ALTEN GRIECHEN KANNTEN SCHON 1000 VERSCHIEDENE PFLANZENARTEN

Dieser mythologische Zyklus, der sich mit den Pflanzen und ihrer Entwicklung verbindet, hat natürlich seinen tieferen Sinn: er unterstreicht symbolisch die grundlegende Bedeutung, die der Nutzung der natürlichen Ressourcen im Leben der Alten Griechen zukam, die ja hauptsächlich Vegetarier waren und deren tägliche Nahrung zu einem sehr großen Teil aus Getreide, Hülsenfrüchten, Gemüse, Wildkräutern, Wurzeln, Früchten, aber auch Fisch bestand. Das wilde Grün wurde im Altertum – wie auch noch heute in vielen Gegenden von Makedonien und Epirus – als "lachana" (Gemüse) bezeichnet, die Gewürzkräuter als "karykeumata". Unsere Vorfahren, aber auch die Römer unterschieden mehr als 1000 Pflanzenarten. Es wundert deshalb nicht, dass uns Dutzende von Textstellen mit medizinischem oder botanischem Inhalt aus der Antike überliefert sind, die detaillierte Beschreibungen der Pflanzen und ihrer Eigenschaften geben, hauptsächlich von Dioskourides, Theophrast, Hippokrates, Antiphanes, Galen und Plinius.

Theophrast, der in Athen ein experimentelles Landgut begründet hatte, gibt sogar vortreffliche Anleitungen zur Art und Weise, wie verschiedene Fruchtbäume (Oliven-, Feigen- und Mandelbaum) am besten kultiviert werden, aber auch wie man kleinere Pflanzen in Töpfen ziehen kann. Selbst Homer, der in seinen Werken kaum auf gastronomische Einzelheiten eingeht, erwähnt in der *Iliade* 36 Pflanzen- und Baumarten und in der *Odyssee* sogar 44, darunter Krokus, Mastixbaum, Lauch, Moos, wilde Karotte, Brombeerstrauch, Malve und Klatschmohn.

Recht aufschlussreich sind auch die gastronomischen Informationen, die uns dank der *Deipnosophistes* von Athenaios (170 – 230 n.Chr.) überkommen sind. Darin ist oft die Rede von den lindernden Wirkungen der Malve, dem säuerlichen Geschmack des Sauerampfer, der krautigen Textur der Brennnessel und den aphrodisischen Eigenschaften der wilden Zwiebeln. Auch die im Altertum bekannten und sehr beliebten Spargeln, der Fenchel, die würzige Kaper, der Oregano, Salbei, Lorbeer und Rosmarin sowie die Feige, Traube und der Granatapfel werden genannt.

Ein Haus im antiken Athen war immer darauf bedacht, dass es ihm nie an Salz, Oregano, Essig, Thymian, Sesam, Rosinen, Kapern, Eiern, gesalzenen Fischen, Kardamom, Feigen, Oliven, Öl usw. fehlte.

Beim Komödienautor Alexi wiederum lesen wir folgendes: "Streue zuerst getrockneten und geriebenen Oregano auf den Boden des Tellers, und gib Farbe mit "petimezi" (zur Konsistenz von Honig eingedickter Traubensaft, Weinbeermus)!"

Unerwähnt darf auch nicht bleiben, dass die Alten Griechen Kräuter benützten, um dem Brot einen

Malva Arborescens

Cistus creticus

besonderen Geschmack zu verleihen und kleine Teigtaschen ("plakountes") damit zu füllen. Insbesondere wurden in der Antike bei der Brotherstellung Fenchelsamen, Minze, Oregano, Thymian, Anis und Muskatnuss verwendet. Außerdem lesen wir bei Athenaios: "Mit Honig und Öl gekochte Teigwaren wurden auf Lorbeerblättern serviert".

Artemidoros, Schüler des Aristophanes, berichtet von einem pikanten Gericht aus zartem Fleisch, Innereien und Blut, das er mit Essig, gebratenem Käse, Kümmel, Bohnenkraut, Koriander, Mohnsamen, Honig, Rosinen und sauren Granatapfelkernen würzte.

Die hellenistische und römische Küche, deren Abkömmling die traditionelle italienische Küche zu sein scheint, unterschieden sich nicht wesentlich von der klassisch–griechischen, wie wir der Speiseliste eines Mahls entnehmen können, das der römische Epigrammatiker Martial seinen Gästen offerierte: als Vorspeise wurden Malven, Kopfsalat und Lauch serviert, die mit Minze und aphrodisischer Ranke dekoriert waren.

Apikios, dessen Namen wegen seiner kulinarisch raffinierten Symposien legendär geworden ist, zeigte eine spezielle Vorliebe für Gerichte, die mit wildem Grün zubereitet wurden, und für Soßen, zu deren Zutaten Kräuter gehörten. Zum Beispiel eine Soße für gekochten Thunfisch mit folgenden Zutaten: "Pfeffer, Thymian, Zwiebel, Datteln, Honig, Essig, Öl und Senf". Oder etwa eine Soße für gekochtes oder gebratenes Wildbret: "Man nehme 8 g Pfeffer, getrocknete Minze, 3 g Polei". Und wir finden bei ihm auch folgende Anleitung: "Um frittierte Zucchini zuzubereiten, nehme man Pfeffer, Kümmel, Oregano, Zwiebel, Wein und Öl. Man binde die Soße in der Bratpfanne mit Stärke und serviere sie."

Olivenöl mit Kräutern für Zeremonien in Knossos und Mykene

Ätherische Öle und andere aromatische Essenzen spielten im griechischen Altertum eine hervorragende Rolle bei verschiedensten alltäglichen oder religiösen Anlässen. Sie waren unentbehrlich zur Körperpflege, bei der Kosmetik, in der Medizin und im liturgischen Zusammenhang. Wie aus den in Linear-B-Schrift geschrieben Tontafeln hervorgeht, die man in Knossos und Pylos entdeckte, wurden aromatische Öle im minoischen Kreta von spezialisierten Parfümherstellern fabriziert. Diese verstanden sich schon in jener Zeit auf das Mischen von aromatischen und heilkräftigen Kräutern, um wohlduftende Salben und Parfüms zuzubereiten, die dann dazu bestimmt waren, den Göttern oder den Toten als Gabe offeriert oder zu therapeutischen Zwecken verwendet zu werden.

Hier werden noch vor der Blüte die frischen Pflanzensprosse pflückt. Dieser Teil der Pflanze hat viel Mittelmeersonne in sich aufgenommen, ist voller Lebensenergie.

Nach Aristoteles verletzte Wildziegen kretischen Diktamus fressen, damit die Wunden schneller heilen.

In Pylos gefundenen und in Linear-B-Schrift geschriebenen Tafeln entnehmen wir wertvolle Informationen, wonach spezialisierte Handwerker aromatische Öle aus Salbei und wilden Rosen herstellten. Im "Haus der Wespen" in Mykene wurden sieben Tafeln entdeckt, auf denen Pflanzen wie Fenchel, Minze, Koriander, Sellerie, Mastixbaum sowie Kümmel erwähnt werden.

Durch genaue Beobachtung der Natur entdeckte der primitive Mensch, dass viele Pflanzen dank ihrer Wirkkräfte den Menschen dazu dienen konnten, Schmerzen zu lindern, schwierige Krankheiten zu überwinden oder deren Fortschreiten zu verhindern.

Ägyptische Papyrusrollen bezeugen, dass viele in der modernen Welt wohlbekannte Heilpflanzen wie Rosmarin, Wacholder, Safran und Olivenblätter schon vor 4000 Jahren wegen ihrer therapeutischen Eigenschaften genutzt wurden.

DIE KRÄUTER IN DER HEILKUNST - HIPPOKRATES – THEOPHRAST – DIOSKOURIDES – GALEN

Über Jahrhunderte beschränkte sich der Gebrauch von Heilpflanzen fast ausschließlich auf die Heilung von Wunden und Verletzungen, da alle anderen Arten von Leiden (pathologischer Art) auf die Einwirkung der Götter zurückgeführt wurden. Die große Wende kommt mit Hippokrates (460 – 370 v. Chr.) von Kos, der als der Begründer der wissenschaftlichen Medizin angesehen wird. In seinen uns überkommenen Schriften nennt er 237 Pflanzenarten und ihre therapeutischen Eigenschaften. Nach Hippokrates wird der Safran zur Reinigung der Wunden verwendet, die Malve für Umschläge, der Oregano als Emmenagogum (den Eintritt der Menstruation förderndes Mittel), der Granatapfel für Leberleiden, der Salbei für Gebärmutterentzündungen und Probleme des Verdauungsapparates, der (kretische) Diktamus bei schwierigen Geburten und für Wunden, die Quitte als Schmerzmittel gegen Schmerzen der Gebärmutter, der Portulak als Abführmittel, das Basilikum gegen Brechreiz.

Auf Hippokrates folgte Theophrast (372 – 287 v. Chr.) mit seinem Werk *Über die Geschichte der Pflanzen*, mit dem er den Grundstein für die moderne Botanik legte. Theophrast gibt Dutzende von Informationen, welche die therapeutischen und aromatischen Eigenschaften der Pflanzen betreffen.

Einige Jahrhunderte später begegnen wir dann Dioskourides, der mehr noch als seine Vorgänger die Botanik weiterentwickelte. Noch heute staunt man über seine umfassenden Kenntnisse: in seinem Werk *Über die Heilkunst* unterscheidet und beschreibt er unter anderem 500 verschiedene Arten von Pflanzen. Bemerkenswert ist dabei die Tatsache, dass noch heute mindestens 40 davon in der modernen Pharmazeutik Anwendung finden.

Die meisten Informationen, die wir über die heilkräftigen und aromatischen Pflanzen im antiken Griechenland verfügen, stammen aus den Werken von Theophrast und Dioskourides.

Das Wissen über die heilkräftigen Eigenschaften der Pflanzen, das im Laufe der Zeit von den Griechen angehäuft worden war, wurde in der Folge von Claudius Galen (131 – 199 n. Chr.) aus Pergamon in Kleinasien übernommen, der 304 Medikamente beschrieb, die alle aus Kräutern, wildem Grün, Bäumen und Früchten hergestellt wurden.

Nach dem Fall des Römischen Reiches waren es die Araber, die sich die bis dahin angesammelten Kenntnisse über Heilpflanzen aneigneten und diese Wissenstradition bewahrten. Ein Höhepunkt der arabischen Medizin bildete dann Avicennas Schrift *Kanon der Medizin*, die in hohem Maße von den galenischen Prinzipien beeinflusst ist.

BYZANZ – MITTELALTER UND NEUZEIT

In der byzantinischen Epoche betrachtete man Wildkräuter und Gemüse als wertlos, und alle Feinschmecker hatten eine Abneigung dagegen, weswegen sie selten auf die Tafeln der Reichen und der Kaiser kamen. Dagegen schätzten die Armen, das einfache Volk und die Angehörigen der klösterlichen Gemeinschaften Wildkräuter und Gemüse außerordentlich. In Folge der ausgedehnten Fastenzeiten, welche die Byzantiner mit Akribie zu gewissen Zeiten einhielten (insgesamt fasteten sie 180 Tage pro Jahr), bestand ein sehr großer Bedarf an wilden Kräutern, Gemüse und Früchten.

In ihren Werken *Der Gärtner und die alltägliche Küche in Byzanz* und *Leben und Kultur der Byzantiner* führen Johannes Konder bzw. F. Koukoule die verschiedenen Zichorienarten, die Ranke, zwei Malvenarten, den Kohl, Lauch und Spinat, die Karotte, den Koriander, Kardamom, Kopfsalat und Rettich an. Als Gewürze werden Rosmarin, Minze, Fenchel, Oregano, Safran (um Reis gelb zu färben) und der Saft des Granatapfels (insbesondere des sauren) erwähnt.

Im Mittelalter erlebte die Botanik ihre Blütezeit dank der Klostergärten, wo neue und alte, bekannte und unbekannte Pflanzen in großem Stil angebaut wurden. Anfangs der Neuzeit traten viele bedeutende Botaniker auf – Ärzte wie Paracelsus, der die Chemie in die Medizin einführte, William Turner, Gerard, Parkinson und Culpeper. Sie experimentierten mit klassischen Heilpflanzen, aber auch mit neuen, die aus Indien, Amerika und China eingeführt wurden.

In der gleichen Zeit erschien in Venedig ein sehr bedeutendes Handbuch des Kreters Agapios Monachos mit dem Titel *Agrikultur – ein dem Volk unentbehrliches Buch*, wo außer verschiedenen heilkundlichen Ratschlägen

Basilicum Indicum macu-latum.

auch Anleitungen zur besseren diätischen Nutzung von zahlreichen Arten essbarer Wildkräuter, Früchte und Heil- und Gewürzkräuter gegeben wurden.

In den folgenden Jahrhunderten bildeten die Klöster in Griechenland (Berg Athos, Zypern, Kreta, Peloponnes) wichtige Zentren des Anbaus und Sammelns von Kräutern, die dann in der Volksmedizin für therapeutische Zwecke verwendet wurden.

Die praktische Heilkunst basierte erstens auf der Beobachtung und zweitens auf der großen Zahl von Heilkräutern (ungefähr 4000 Arten). Sie stand in den griechischen Landgebieten in alltäglichem Gebrauch, wo Heilpraktiker – hauptsächlich Frauen – über Kenntnisse und Berufsgeheimnisse verfügten, die von Generation zu Generation überliefert worden waren. Im Verlauf der Zeit bekam der Begriff "Kräuter" einen engeren Sinn: mit dem Wort meinte man normalerweise jene Pflanzen, deren verschiedene Teile gewisse therapeutischen Eigenschaften für den Menschen besaßen.

Weine mit Kräutern

Unsere antiken Vorfahren liebten es sehr, mit Geschmäckern und Düften zu experimentieren. Sie waren Liebhaber von aromatischen Broten, von mit Kräutern, Honig und Käse gefüllten Teigtaschen, aber auch von Weinen mit Kräutern.

Reste von Wein, dem man Harz, Honig und Gerste zugesetzt hatte, fanden sich auf Kreta in einem dreifüßigen Kessel aus der Zeit 1190 – 1130 v. Chr. Ägimeios aus Elis, Arzt und Ernährungstherapeut des 4. Jahrhunderts vor Christus, gibt in seiner Schrift *Besondere Geschmacksnoten des Weines* eine große Anzahl von Rezepten zur Herstellung von Teigtaschen, wobei als Zutat Wein verwendet wurde, dem man Blätter und Früchte des Salbeis zugesetzt hatte. Der Autor betonte, dass diese Teigtaschen nicht nur schmackhaft, sondern auch der Gesundheit sehr zuträglich seien.

Auch Weinhändler aus Kyme exportierten im 18. Jahrhundert Wein, dem man Salbei zugesetzt hatte, in Tonkrügen nach Ägypten und verkauften ihn dort gegen gutes Geld als heilkräftiges Getränk. In der neugriechischen Tradition fand der mit Salbeifrüchten angesetzte Wein als Mittel der volkstümlichen Gynäkologie Anwendung. Weine wurden aber auch mit anderen aromatischen Pflanzen wie Thymian, Rosmarin und Safran aromatisiert.

Turpin dip. e dires. *Stanghi inc.*

FICO comune *(volg.)* **Fico albo tondo.**

***FICUS* carica** *(Linn.)*

(½ Grand. nat.)

A. Frutto d'autunno. B. Frutto d'estate, o Fico Fiore. 1. Taglio verticale d'una placenta turbinata, contenente i fiori maschi e femmine. a. Involucro trifillo. b. Placenta. c. Squamme formanti l'orifizio della placenta. 2. Fiore maschio. 3. Fiore femmina. 4. Taglio verticale d'una placenta matura. 5. Frutto. 6. Id. tagliato per mostrare il seme. 7. Seme. 8. Id. spogliato del tegumento. 9. Id. tagliato. 10. Embrione.

Heil - und Gewürzkräuter - Essbare Wildkräuter - Früchte auf Kreta

Die anscheinend unfruchtbaren Berge Kretas, die steinigen Böden, dichten Olivenhaine, brachen Felder und felsigen Küsten der Insel beherbergen bei genauerer Betrachtung eine ungewöhnlich interessante Pflanzenwelt. Die Flora der Insel, die in ihrer Art einen Übergang zwischen Europa, Asien und Afrika bildet, umfasst eine unglaublich große Anzahl interessanter Pflanzen, von denen viele endemisch sind. Präziser gesagt zählt die kretische Flora 57 Arten asiatischer Pflanzen, die in Europa sonst nicht zu finden sind, und 231 Pflanzenarten, die im übrigen Griechenland nicht heimisch sind.

Der Botaniker Rikli veröffentlichte im 19. Jahrhundert eine Liste von 28 afrikanischen Pflanzen der Wüsten und Steppen, von denen 8 auch in Kreta vorkommen. Man versteht in diesem Zusammenhang auch die Begeisterung des aus Österreich stammenden Arztes und Botanikers F. W. Sieber, der, als er 1817 der Insel einen Besuch abstattete, in seinem Reisebericht notierte: "Was mich mit ganz besonders großer Freude erfüllte, war eine capparis egyptiaca (Kapernstrauch), die weder Blätter noch Blüten hatte. Ich erkannte sie aber an ihren Sprossteilen. Und aufgrund ihrer zwei krummen goldfarbigen Dornen kam ich zum Schluss, dass sie zu einer ägyptischen Art gehören müsse, die man bisher in Europa nirgendwo angetroffen hat."

Affe, der Krokusblüten pflückt. Minoische Wandmalerei, ausgestellt im Archäologischen Museum Heraklion.

Alter Kreter, dessen Blick über die kargen Berge schweift. Sie sind der Lebensraum für eine große Vielfalt von essbaren Wildkräutern und Heilkräutern wie z. B. Diktamus und Salbei. Die Langlebigkeit der Kreter hängt nicht zuletzt mit der Verwendung dieser Kräuter zusammen.

HEIL - UND GEWÜRZKRÄUTER - ESSBARE WILDKRÄUTER - FRÜCHTE AUF KRETA

Rickli andererseits veröffentlichte in seinem Buch *Pflanzen des Mittelmeergebietes* eine Aufstellung der Zahl der Pflanzen, welche die fünf größten Mittelmeerinseln aufzuweisen haben, und kam zum Schluss, dass Kreta - die im Vergleich zu Sizilien, Sardinien, Zypern und Korsika kleinste Insel - eine zahlenmäßig viel reichere Flora besitze (2170 Arten). Noch eindrucksvoller wird der Vergleich, wenn man diese Zahl mit der Flora verschiedener europäischer Länder vergleicht: Großbritannien, das doppelt so groß wie Griechenland ist, zählt 2133 Pflanzenarten, Vorkriegsdeutschland zusammen mit Österreich 3500.

Über die Pflanzenarten, die wir auf Kreta in der minoischen Zeit finden, wissen wir sehr wenig. Die meisten Informationen schöpfen wir aus archäologischen Funden (Wandmalereien, Samen, Früchte, Tongefäße), die botanisch ausgewertet wurden. Dabei muss mitberücksichtig werden, dass sich die Form dieser Pflanzen unter Umständen auch verändert hat, da die klimatischen und Umweltbedingungen von damals nicht genau den heutigen entsprechen. Bei vielen Ausgrabungen stieß man auf Gefäße, die auf den Gebrauch von Pflanzen und Früchten schließen lassen. So fand sich zum Beispiel im Palast von Malia ein solches Gefäß mit pflanzlichen Überresten, das drei Arten von Samen enthielt: Zeder, Koriander und wilder Fenchel. Noch heute essen die Einwohner der Insel Gavdos Zedersamen, und die kretische Küche hat nach wie vor eine Vorliebe für Gerichte, die mit dem pikanten Wildfenchel gewürzt sind. Die neuesten Funde des sehr bekannten kretischen Archäologenpaars Efi und Jannis Sakelarakis bei Ausgrabungen in Archanes im Sommer 2000 haben bestätigt, dass die Minoer aromatische Kräuter verwendeten und auch damit Handel trieben. Von größtem Interesse sind dabei die länglich-schmalen Tongefäße von 1 bis 1½ Liter Inhalt, die vermutlich vor allem dazu dienten, Kräuter ins übrige Griechenland und nach Ägypten zu exportieren. Des weiteren ist auf vielen minoischen Wandmalereien das Sammeln von Krokus dargestellt, der für den alltäglichen Gebrauch und für zeremonielle Zwecke bestimmt gewesen sein muss. Es ist bekannt, dass man bis mindestens ins 16. und 17. Jahrhundert in Kreta den Krokus intensiv anbaute und in der Küche verwendete. So heißt es im *Katzourbo*, einem Werk

HEIL - UND GEWÜRZKRÄUTER - ESSBARE WILDKRÄUTER - FRÜCHTE AUF KRETA

der kretischen Literatur: "...Oh ihr reichlich mit Safran gewürzten und mit Käse bestreuten 'makarounen' (Art von Teigwaren) und ihr, heißgeliebte 'myzithropites' (mit kretischem Frischkäse gefüllte Teigtaschen)...".

Mehr und Zuverlässigeres erfahren wir von den Literaten, Botanikern und Ärzten der Antike, nämlich Theophrast, Dioskourides, Plinius, Galen, Diodoros von Sizilien und Oreibasios, die sich alle systematischer mit den kretischen Pflanzen befassten. Von allen kretischen Pflanzen scheinen bei ihnen der Diktamus, die kretischen Zypressen, die Palme, der Oregano, der Thymian und der Wacholder das größte Interesse erregt zu haben.

Claudius Galen, Arzt der Gladiatoren und persönlicher Leibarzt von Kaiser Mark Aurel, bezieht sich auf die Einzigartigkeit bestimmter essbarer kretischer Pflanzen mit den Worten: "Aus Kreta stammen viele der Pflanzen, die in den kaiserlichen Gärten angebaut werden. Viele von diesen essbaren Wildkräutern, Heil- und Gewürzkräutern, Früchten und Samen trifft man in keinem anderen Land an...".

Leider besitzen wir für den Zeitraum vom 5. bis zum 15. Jahrhundert sehr wenige Zeugnisse von Erforschern der kretischen Flora. Immerhin lässt sich aufgrund der Informationen, die uns kretische Theaterstücke geben, schließen, dass die Inselbewohner große Mengen von essbaren Wildkräutern und Gemüse verzehrten. "Den ganzen Tag sammelte sie essbare Wildkräuter auf den Wiesen und knetete, siebte Mehl und webte bis zum Abend." (aus dem Werk *Panoria* von Chortatsi).

Ab dem 15. Jahrhundert wurde dann die kretische Pflanzenwelt wie keine andere auf der Welt studiert, als eine große Zahl von Botanikern, Pharmakologen, Historikern und Reisender die Insel besuchte und - wie Eleftherios Platakis charakteristisch schreibt - auf der Insel "botanisierten".

Einer von diesen Forschern, der Franzose Pierre Belon, notierte 96 dieser Pflanzen mit ihren kretischen Namen. Tournefort, ein französischer Forschungsreisender, der im 17. Jahrhundert im Auftrag von Ludwig XIV. im Osten umherreiste, erwähnte 396 kretische Pflanzen. Ein weiterer französischer Forschungsreisender, Olivier, der Kreta 1794 besuchte, berichtete mit Staunen, dass die Bewohner der Insel die Blätter der Kichererbse roh als Salat und die Bohnenblätter in Olivenöl frittiert aßen. Der holländische Arzt Dapper, der die Insel im 17. Jahrhundert bereiste, erwähnte außer essbaren wilden Kräutern und Früchten auch den kretischen Diktamus, von dem er bemerkte, dass ihn die Wildziegen fräßen, damit sich ihre Wunden schneller schlössen.

MITTELMEERKOST: DER DIÄTISCHE WERT DER ESSBAREN WILDKRÄUTER, HEIL-UND GEWÜRZKRÄUTER UND FRÜCHTE

1999 führte das Nationale Zentrum für Ernährung der Nationalen Hochschule für Öffentliche Gesundheit unter der Leitung von Frau Antonia Trichopoulou in Zusammenarbeit mit dem Allgemeinen Staatlichen Chemielabor und der Gesellschaft für Forschung und technische Entwicklung in der Lebensmittelindustrie (ETAT A.E.) eine große Untersuchung durch, bei der es um die Erforschung des Nährwertes einer Gruppe von 17 verschiedenen Wildkräutern ging, die in der kretischen Küche für die Füllung von Teigtaschen ("pites") verwendet werden.

Diese Untersuchung bestätigte das Vorhandensein von Flavonoiden. Die Flavonoide sind Phenole mit starker antioxydativer Wirkung und finden sich hauptsächlich in Früchten und Gemüse. Es gibt gewisse Hinweise darauf, dass die Flavonoide, und insbesondere die Flavone und Flavonole, eine prophylaktische Wirkung in Bezug auf Herz- und Gefäßkrankheiten sowie Krebs besitzen. Die Analyse auf das Vorhandensein von Flavonoiden betraf Wildkräuter in roher Form, doch ist es wichtig festzuhalten, dass die Kräuter auch gekocht immer noch bedeutende Mengen davon enthalten. Kräuter mit einem hohen Gehalt an Flavonoiden sind Fenchel, Lauch, Klatschmohn, Sauerampfer und die wilde Karotte.

Die Kräuter (im weitesten Sinn) enthalten wichtige gesundheitsfördernde Wirkstoffe: die grünen Teile des Löwenzahns (taraxacum) zum Beispiel sind reich an Vitamin A, die Brennnessel ist ein wichtiger Lieferant von Eisen und Beta-Carotin, die Zichorie (Wegwarte) eine reiche Quelle von Vitamin B12, das für das Funktionieren der Zellen unerlässlich ist, die Samen der wilden Rose haben einen hohen Gehalt an Vitamin C, und das Johannisbrot stellt eine bedeutende Eiweißquelle dar. Die Minze und der Thymian haben stark antiseptisch - antibakterielle Eigenschaften, und der Salbei lässt die Wunden der Mundhöhle schneller verheilen. Die Traube hat eine ähnliche Zusammensetzung wie die Muttermilch, und ein Glas Rotwein pro Tag schützt die Herzarterien. Die Früchte enthalten nicht nur Vitamine und Mineralstoffe, sondern auch reichlich Balaststoffe, die dem guten Funktionieren des Darms förderlich sind.

DER OKTALOG DER MITTELMEERKOST

1. Ein hoher Anteil an einfach ungesättigten Fettsäuren gegenüber gesättigten Fetten (Butter, Speck)
2. Mäßiges Trinken von alkoholischen Getränken (1 – 2 Gläser Rotwein pro Tag)
3. Hoher Verzehr an Hülsenfrüchten
4. Hoher Verzehr an Getreide (einschließlich Schwarzbrot)
5. Hoher Verzehr an Früchten
6. Hoher Verzehr an Gemüse, essbaren Wildkräutern und Heil- und Gewürzkräutern
7. Niedriger Verzehr an Fleisch und Fleischprodukten
8. Niedriger Verzehr an Milch und Milchprodukten

Je mehr jemand also seine Ernährungsgewohnheiten an den acht oben angeführten Kriterien ausrichtet, desto näher ist er der Ernährungsweise, die als Mittelmeerkost (Kreta-Diät) bezeichnet wird.

DIE ERNÄHRUNGSPYRAMIDE DER MITTELMEERKOST

1. Fleisch
2. Süßigkeiten
3. Eier
4. Kartoffeln
5. Bohnen. Hülsenfrüchte und Samen / Nüsse.
6. Geflügel
7. Fisch
8. Milchprodukte
9. Olivenöl und Oliven
10. Früchte, Essbare Wildkräuter, Heil und Gewürzkräuter, Gemüse
11. Brot Teigwaren Getreide Reis

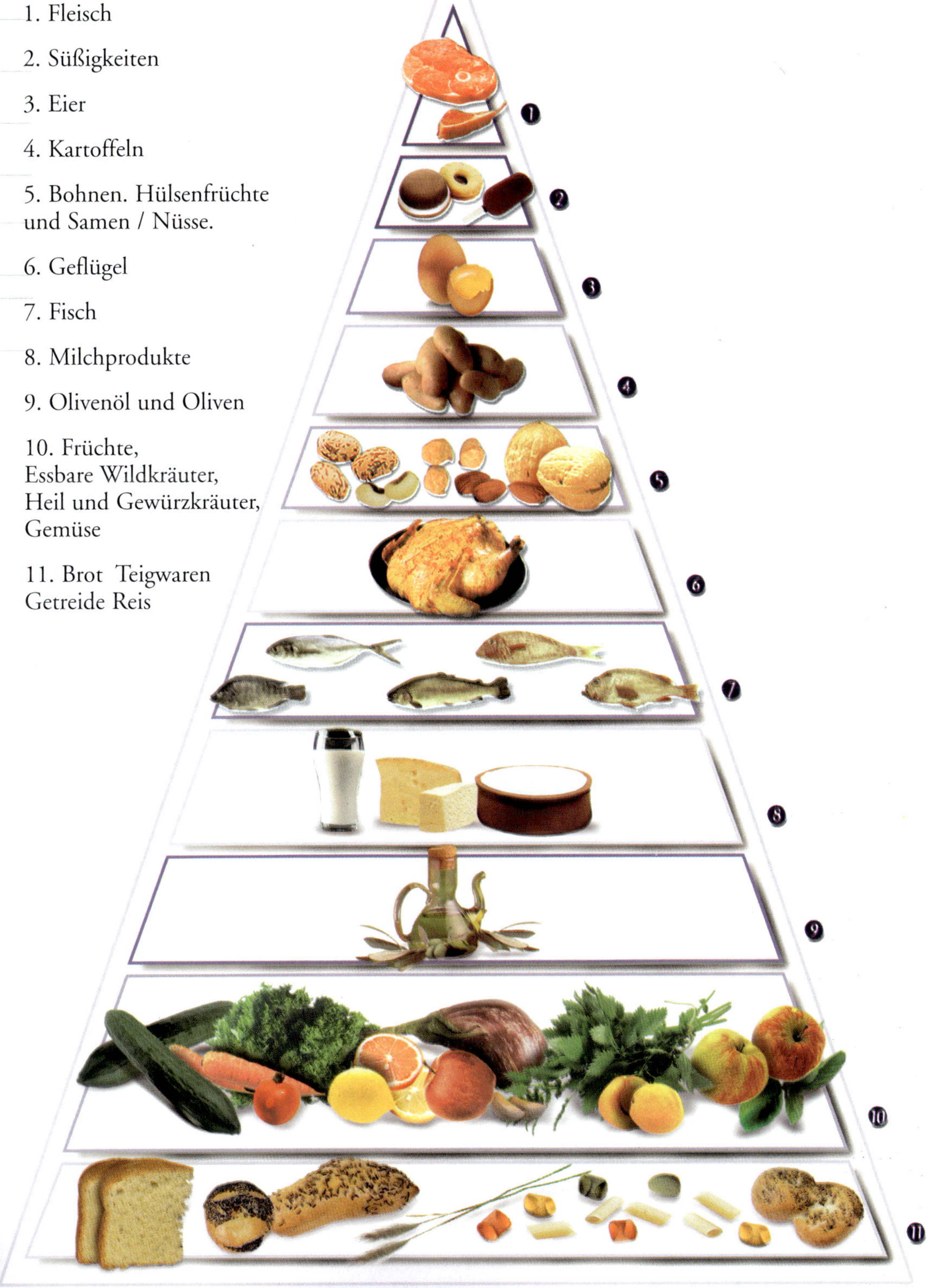

ANTIOXYDATIVE EIGENSCHAFTEN DER KRÄUTER

-OLIVENÖL MIT KRÄUTERN-

Wir wissen nicht, ob aromatisierte Olivenöle speziell und ausschließlich für die Küche hergestellt wurden, oder ob die aromatischen Kräuter hauptsächlich dazu dienten, dem Olivenöl heilende, adstringierende und antioxydative Eigenschaften zu verleihen.

In der Zeit des byzantinischen Kaisers Konstantinos Porphyrogennis gibt uns der Rechtsgelehrte Cassianos Basos einige sehr interessante Rezepte mit aromatischen Ölen. Die meisten dieser Rezepte informieren uns auch darüber, wie man Olivenöle mittlerer oder schlechter Qualität durch das Hinzufügen von aromatischen Mitteln verbesserte. So etwa die Verbesserung ranzigen Olivenöls durch die Beigabe von Dill, oder die Umwandlung übelriechenden Olivenöls in duftendes Öl durch das Hinzufügen von Koriander und Rosinen. Noch bis vor einigen Jahren gab man in Kreta und besonders in den Dörfern der Provinz Pediada 2 bis 3 Zweige Oregano in die großen Tonkrüge mit dem Olivenöl, damit es besser werde, wie man zu sagen pflegte.

Es wurden viele Untersuchungen durchgeführt, um im Pflanzenreich Antioxydanzien zu finden, also Substanzen, die uns vor freien Radikalen schützen. Besonderes Augenmerk richtete man auf die Gewürz- und Heilkräuter, die sich auch tatsächlich als die wichtigste Quelle solcher Substanzen erwiesen: insbesondere Rosmarin und Oregano erwiesen sich als Pflanzen mit ausgeprägt antioxydativer Wirkung.

Chipault wies 1952 auf die schützende Wirkung von Rosmarin-, Salbei- und Thymianauszügen für gepökeltes Fleisch hin. Außerdem stellte er fest, dass Oregano der Mayonnaise antioxydativen Schutz verleihe.

Seit kurzem läuft auch ein Forschungsprojekt der Aristoteles Universität Thessaloniki zur antioxydativen Stabilität von aromatisierten Olivenölen, die Rosmarin, Oregano, Knoblauch oder Thymian enthalten.

DAS SAMMELN VON ESSBAREN WILDKRÄUTERN

Der beste Zeitpunkt zum Sammeln von essbaren Wildkräutern hängt immer davon ab, was für Pflanzenteile gepflückt werden sollen, und wie man diese dann verzehren will.

• Die Blätter, Sprossteile und blühenden Pflanzenspitzen sollten vorzugsweise am Nachmittag gesammelt werden, da diese Pflanzenteile dann die größten Mengen an Wirkstoffen enthalten. Wurzeln sammelt man am besten im Herbst oder Frühling, weil ihre Wirkstoffe zu diesen Jahreszeiten die höchste Konzentration aufweisen und der weiche Boden es erlaubt, sie problemlos auszugraben. Für die Blüten und Früchte ist der Morgen der geeignetste Zeitpunkt, gesammelt zu werden.

• Man sollte keine Pflanzen sammeln, bei denen man nicht wirklich sicher ist, dass sie essbar sind.

• Pflanzen, die am Rande von vielbefahrenen Straßen wachsen, sind zu vermeiden.

• Vorsicht ist beim Sammeln der wilden Kräuter, besonders zu Frühlingsbeginn (März, April), noch aus einem anderen Grund angezeigt: die Landwirte betrachten diese in der Regel bloß als Unkraut und behandeln deshalb ihre Felder mit chemischen Mitteln.

• Man sollte nur die grünen, frischen Pflanzen pflücken.

• Beim Sammeln sollte man auch darauf achten, dass man die wilden Kräuter nicht zusammen mit ihrer Wurzel ausreißt. Denn damit mindert man die Zahl dieser Pflanzenarten und trägt zum Verschwinden seltener Arten der Flora bei. Wenn die Pflanzen an der richtigen Stelle abgeschnitten werden, treiben viele Pflanzen nach einigen Tagen von neuem aus, so dass man zu einem späteren Zeitpunkt noch einmal ernten kann.

• Man sollte nicht mehr wilde Kräuter sammeln als man in den darauf folgenden 5 – 6 Tagen verzehren kann. Je schneller das gesammelte Gut konsumiert wird, desto mehr kommt man in den vollen Genuss der wertvollen Nährstoffe.

• Es ist ratsam, die wilden Kräuter nicht in Plastiktüten aufzubewahren oder an Orten zu lassen, die starker Sonneneinstrahlung ausgesetzt sind (Kofferraum des Autos).

KAUF

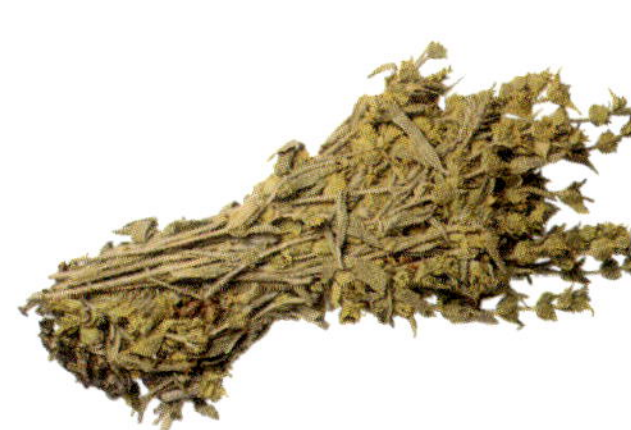

Falls man keine Gelegenheit oder keine Zeit hat, selbst Kräuter zu sammeln, kann man diese entweder auf den Wochenmärkten oder beim Gemüsehändler kaufen. Man sollte nicht zögern, sogar gewisse wilde Kräuter, die selten sind und nicht ohne weiteres in den Handel kommen, in Bestellung zu geben.

• Man sollte, wann immer möglich, bei ganz bestimmten Leuten kaufen, von denen man weiß, woher sie ihre Kräuter haben.

• Nur Kräuter und Gemüse, die in einwandfreiem Zustand sind, sollten gekauft werden.

LAGERUNG

• Idealerweise sollte man Wildkräuter am gleichen Tag verzehren, an dem man sie gesammelt oder gekauft hat. Das gleiche gilt auch für das Gemüse.

• Wilde Kräuter, die man einige Tage im Kühlschrank aufbewahren will, sollten nicht gewaschen werden, denn sonst vergilben sie und bekommen einen unangenehmen Geruch. Es genügt, sie ohne Wasser zu säubern, indem man grobe und gelbe Blätter, Erde und Fremdteile entfernt. So gereinigt bewahrt man sie dann im unteren Teil des Kühlschranks auf.

• Wilde Kräuter, die dicke Blätter und Sprossteile haben, sind länger haltbar. Dagegen sind Zichorie und Spargel sehr empfindlich; sie vergilben und verwelken nach einigen Tagen.

WASCHEN

• Man sollte Wildkräuter und Gemüse nicht im Wasser lassen, denn sie verlieren so einen Teil ihrer Nährstoffe, hauptsächlich Zucker, Vitamine und Mineralien.

• Wenn man die Blätter und Wurzeln wäscht, sollte das schnell und immer nur mit kaltem Wasser geschehen.

• Man sollte die Wurzeln der wilden Kräuter (z. B. der Zichorie) und des Gemüses nie wegwerfen, denn dort konzentrieren sich wertvolle Substanzen wie Stärke und Fruchtzucker. Man kann die Wurzeln leicht abschruppen und sollte sie in keinem Fall mit einem Messer oder einem anderen spitzen Gegenstand abschaben, damit keine für den menschlichen Organismus wertvollen Vitamine verloren gehen.

• Falls die Kräuter von einem Ort stammen, der auch verschiedenen Tieren, insbesondere Hunden oder Schafen, als Aufenthaltsort dient, ist es vorsichtshalber besser, die Kräuter 10 Minuten in Essigwasser einzulegen und sie dann sorgfältig zu waschen, bevor man sie roh isst.

Salatschleuder

Trauben der Sorte Sultanine werden in einem Weinberg geerntet.

VORBEREITUNG - KOCHEN

• Will man die wilden Kräuter und das Gemüse roh als Salat essen, sollte man darauf achten, dass man die Blätter gut trocknet: das Olivenöl verteilt sich besser auf und haftet besser an trockenen Blättern. Heute gibt es mechanische Zentrifugen zu kaufen, um den Salat besser zu trocknen.

• Es ist besser, die Kräuter und das Gemüse nicht fein zu schneiden, wenn sie als Salat zubereitet werden sollen, es sei denn, man verwendet mehr als 4 verschiedene Arten. Dann vermischen sich die Aromen der verschiedenen Zutaten besser.

• Man sollte die Kräuter und das Gemüse nicht zu Brei machen, wenn man damit eine Suppe macht. Es ist besser, sie fein zu schneiden.

• Die der richtigen Ernährung angemessenste Art, Kräuter und Gemüse zu verzehren, ist, sie roh zu essen, denn je mehr man ein Nahrungsmittel verarbeitet, desto größer ist der Verlust an für den menschlichen Organismus wertvollen Substanzen. Ein vierminütiges Kochen von nicht zerschnittenen Kräutern und Gemüse führt zu einem 20 – 45prozentigen Verlust an Mineralien, und 75% der Vitamine werden dabei zerstört.

• Saure Substanzen wie Zitrone oder Essig helfen, dass die Vitamine, die die rohen Kräuter enthalten, nicht verloren gehen.

• Von den vielen verschiedenen Arten, Kräuter und Gemüse zuzubereiten, ist das Kochen die gebräuchlichste, hat aber auch gewisse Regeln:

- Man sollte das Wasser gut zum Kochen bringen, bevor man die Kräuter hineingibt. So bekommen sie eine schöne grüne Farbe.

- Um voll in den Genuss der wertvollen Nährstoffe und des Geschmacks der Kräuter zu kommen, sollte man sie in möglichst wenig Wasser kochen. Man wäscht die Kräuter und gibt sie dann in den Kochtopf, ohne weiteres Wasser hinzuzufügen. Sie werden gut umgerührt und, wenn es unbedingt nötig ist, kann man noch ein bisschen Wasser hinzufügen.

- Es ist aber zu beachten, dass gewisse Kräuter (z.b. Zichorie) gelb werden, wenn sie nicht in reichlich Wasser gekocht werden. Die bitteren Kräuter sollten ebenfalls in viel Wasser gekocht werden, damit sie einen Teil ihrer bitteren Substanzen verlieren.

- Wildzwiebeln und Wurzeln sollten gerade mit Wasser bedeckt sein.

- Auf keinen Fall sollte man dem Wasser, in dem man Kräuter und Gemüse kocht, Natron hinzufügen. Das hätte nur ästhetische Wirkung, wäre aber diätetisch gesehen unsinnig; denn das Natron bewahrt zwar die schöne Farbe der Kräuter, zerstört aber das Vitamin C, das sie enthalten.

- Man sollte die Kräuter wenige Minuten, bevor sie fertig gekocht sind, salzen oder nachdem man sie auf einer Platte oder im Teller angerichtet hat. So werden sie zarter.

- Die Kräuter sollten bei zugedecktem Topf und sehr großer Hitze gekocht werden, damit sie schneller gar werden. Das lang andauernde Kochen zerstört die wertvollen Substanzen und aromatischen Öle, die dem Essen den guten Geschmack verleihen.

- Man sollte gekochte Kräuter oder gekochtes Gemüse nie im Wasser lassen, in dem man sie gekocht hat. Sie werden sonst bald gelb und entwickeln einen unangenehmen Geruch.

- Die Brühe von den gekochten Kräutern und dem Gemüse kann

man in Flaschen 2 – 3 Tage im Kühlschrank aufbewahren. Idealerweise konsumiert man sie, warm oder kalt, mit reichlich Zitronensaft, Salz und etwas Olivenöl. Man kann sie auch gut für Suppen und Soßen verwenden.
- Wenn man die Kräuter aufwärmen will, taucht man sie 2 – 3 Mal in heißes Wasser.

KONSERVIERUNG

• Man kann verschiedene "toursi" (eingelegtes Gemüse) herstellen: mit Portulak, Rebenschösslingen, Artischocken oder wilden Zwiebeln. Dabei sollte man immer Essig von bester Qualität und extra natives Olivenöl benutzen.
• Früchte lassen sich wunderbar in Alkohol (Raki, Wodka, Wein) aufbewahren; auf diese Weise kommt man zu erfrischenden und außerordentlich aromatischen Getränken.
• Die modernste Methode, Kräuter auf längere Zeit aufzubewahren, ist die Tiefkühlung. Bevor man sie in die Tiefkühltruhe legt, kocht man sie 10 Minuten in wenig Wasser.
- Man lässt sie abtropfen und macht dann kleine Pakete von 500 g. Die Säckchen werden gut verschlossen und können in der Tiefkühltruhe bis zu 8 Monaten aufbewahrt werden.
- Es ist zu beachten, dass nicht alle Kräuter tiefgekühlt werden sollten. Am geeignetsten dazu sind die aromatischen wilden Kräuter wie Fenchel, Lauch und Mohn, ebenso Brennnessel und Malve.
- Falls man tiefgefrorene Kräuter für die Herstellung von "pites" (gefüllte Teigtaschen) verwenden will, muss man jene zuerst auftauen und alles Wasser abtropfen lassen.

DAS SAMMELN VON HEIL- UND GEWÜRZKRÄUTERN

Das Sammeln der Kräuter ist ein sehr wichtiger Vorgang und beeinflusst unmittelbar ihre chemische Zusammensetzung, folglich auch ihre therapeutischen Eigenschaften. Je nach dem Pflanzenteil, der gesammelt werden soll, variiert auch die Art, wie man die Kräuter sammelt:

1. Man sollte nie größere Mengen sammeln, als man unmittelbar braucht.
2. Die Blätter werden gesammelt, bevor die Pflanze blüht, denn ab diesem Zeitpunkt verlieren sie einen Teil ihres Aromas. Samen und Sprossteile dagegen sammelt man nach der Blüte.
3. Die aromatischen Pflanzen sollten im Laufe des Vormittags (früh am Morgen, falls es nicht feucht ist) gesammelt werden. Vorzugsweise wählt man trockene Tage.
4. Auf keinen Fall sollte man die Kräuter ausreißen, sondern sorgfältig mit einem scharfen Messer soviel davon abschneiden, wie man braucht, so dass sie wieder austreiben können, es sei denn, man will ihre Wurzeln sammeln. Die Wurzeln werden im Herbst aus dem Erdboden geholt, wenn die Phase des Blattwuchses und der Blüte vorüber ist.

Trocknen der Heil- und Gewürzkräuter

Die üblichste Konservierungsmethode ist das Trocknen. Einige der am besten dazu geeigneten Kräuter sind Majoran, Oregano, Salbei, Minze, Lorbeer, Thymian und Rosmarin. Kräuter mit umfangreichem Blattgrün wie das Basilikum verlieren beim Trocknen viel von ihrem Geschmack und ihrer Farbe .

Am besten bündelt man die gesammelten Kräuter in kleine, lockere Büschel und hängt sie dann umgekehrt an einem gut belüfteten Ort auf. Die Bündel sollten klein gehalten werden, damit die Luft gut zirkulieren kann, so dass auch die innersten Teile wirklich trocknen. Um sie vor Staub zu schützen, ist es gut, sie mit einem Mulltuch zu bedecken. Am besten eignet sich zum Trocknen ein Ort mit gleichbleibender Temperatur, der trocken und warm ist und wo die Luft zirkuliert, so dass sich keine Feuchtigkeit konzentrieren kann. Je schneller sich der Trockenvorgang vollzieht, desto besser ist das Resultat. Unter keinen Umständen dürfen die Kräuter direkt der Sonne ausgesetzt werden, sonst verlieren sie ihr Aroma und ihre Farbe. Die Temperatur des Trockenraums sollte zwischen 20 und 31 Grad liegen. Die Blüten der Pflanzen werden ganz getrocknet. Je nach Art des Krautes dauert der Trockenvorgang unterschiedlich lang: 3 bis 4 Tage bei feinen, delikaten Pflanzen, 6 bis 8 Tage bei robusteren, harten wie Thymian, Oregano und Rosmarin. Sobald die Kräuter trocken sind, werden die Blätter von den Sprossteilen getrennt und in gut verschließbaren Gefäßen verwahrt. Diese stellt man immer an einen kühlen, schattigen Ort, da Wärme und Licht schnell zum Entweichen der leicht flüchtigen Öle führen. Idealerweise konsumiert man dann die getrockneten Kräuter innerhalb von 6 Monaten.

Die Kräuter können außerdem auch im Ofen getrocknet werden. Man legt sie in ein Ofenblech oder auf eine Alufolie und trocknet sie bei 50 Grad. Kräuter mit viel Blattwuchs wie zum Beispiel Basilikum behalten besser ihre Farbe und ihr Aroma, wenn sie auf diese Art getrocknet werden. Falls die Gefäße, worin man die getrockneten Kräuter verwahrt hatte, Feuchtigkeit aufweisen, gibt man die Kräuter zum nochmaligen Trocknen 8 bis 10 Minuten in den Ofen.

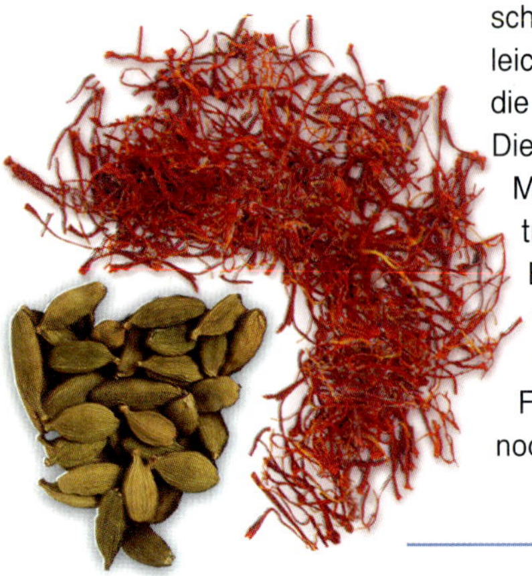

Alte Frau, die in der kretischen Natur Oregano sammelt. Sie wird ihn trocknen und zum Würzen von Gerichten oder für Tee verwenden.

Haltbarmachung und Lagerung der Heil- und Gewürzpflanzen

Die Kräuter können auf unterschiedliche Art und Weise haltbar gemacht werden. Die verbreitetste Methode ist offensichtlich das Trocknen der Pflanzen, doch gibt es auch die Möglichkeit, sie tiefzukühlen. Außerdem bewahren natürlich auch Essig, Öl, Butter, Pasten oder Soßen wie Pesto das reiche Aroma der zugesetzten Kräuter und machen es uns das ganze Jahr über verfügbar. Wenn man die Kräuter gepflückt hat, wäscht man sie kurz in kaltem Wasser. Danach lässt man sie auf einem Baumwolltuch vollständig trocknen, und kann sie dann frisch verwenden.

Tiefkühlung von Küchenkräutern

Werden die Kräuter zur Konservierung tiefgekühlt, behalten sie Geschmack und Farbe der frischen Pflanzen in viel größerem Ausmaß. Für diese Methode eignen sich Fenchelblätter, Basilikum und Pfefferminze. Um sie später leicht zum Würzen benutzen zu können, schneidet man sie am besten fein, gibt sie in Eisbeutelchen, fügt Wasser hinzu und friert sie ein. So stehen einem dann beim Kochen Gewürze zur Verfügung, die in Qualität den frischen nicht nachstehen. Man braucht sie nicht einmal aufzutauen, sondern gibt sie direkt in den Kochtopf. Je nach der Quantität der später benötigten Kräuter friert man in Tüten verpackt mehr oder weniger große Mengen von Kräutern ein.

Eine weitere Methode wäre, die Kräuter in Butter oder Öl zu konservieren.

Gefässe zur Aufbewahrung

Empfehlenswert zur Aufbewahrung von Heil- und Gewürzkräutern, Blumen, verschiedenen getrockneten Früchten, Marmeladen, aromatisierten Ölen und Essig sind Gefäße, die hermetisch verschließbar sind, also Gläser mit Schraub- oder Korkverschlüssen. Die Gefäße sollten für die Aufbewahrung immer gut trocken sein. Gläser eignen sich dabei besonders für die Lagerung, da man hier problemlos feststellen kann, ob der Inhalt noch in tadellosem Zustand ist. Wenn man will, kann man die Heil- und Gewürzkräuter in Büscheln aufbewahren, doch für den späteren Gebrauch ist es praktischer, wenn man sie zerstückelt oder zerrieben aufbewahrt. Sie können auch in einer Mühle fein zermahlen werden, entweder einzeln oder mit 2 – 3 anderen Kräutern vermischt. Samen werden ganz gelagert und erst gemahlen oder geöffnet, wenn man sie braucht. Die getrockneten Heil- und Gewürzkräuter, essbaren Kräuter und Samen sind gut (Farbe, Aroma, Nährwert) ein Jahr lang haltbar. Immer sollten die Gefäße an kühlen, dunklen Orten gelagert und mit Etiketten versehen werden, die über Art der Kräuter und Datum ihrer Einlagerung Auskunft geben.

Geräte zum Säubern, Schneiden und Aufbewahren

Man sollte unbedingt über folgende Geräte verfügen, die das Säubern und Schneiden der essbaren Wildkräuter, Heil- und Gewürzkräuter sowie der Früchte erleichtern:

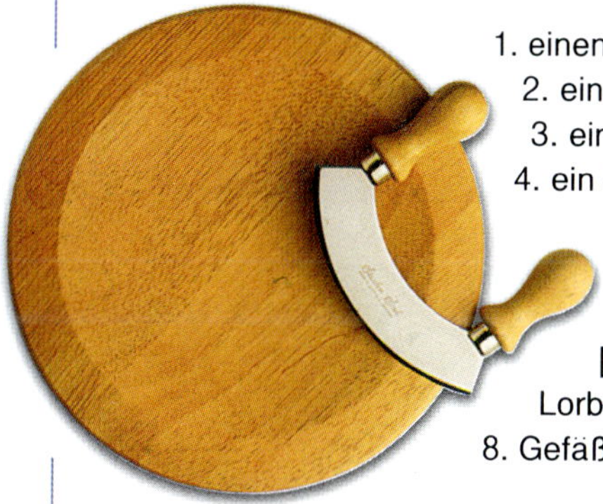

1. einen Seiher
2. eine Salatschleuder
3. ein Wiegemesser
4. ein Schälmesser
5. spitze Schneidmesserchen
6. Gummihandschuhe
7. ein Mulltuch (für bouquet garni [Gewürzmischung aus Petersilie, Thymian und Lorbeer])
8. Gefäße zur Aufbewahrung – Etiketten

Mezza luna:
ein scharfes Messer, das sich hervorragend zum Kleinschneiden von großen Mengen frischer Kräuter eignet.

Die Heil- und Gewürzkräuter in der Küche

Die Kräuter in der Küche sind das, was die Sonne für die Erde ist!! Sie verleihen "Leben" und Würze und erhöhen den Nährwert der Gerichte oder Süßigkeiten. Die Kräuter erlauben es – unter der Voraussetzung, dass sie richtig verwendet werden – die Speise, der man sie beifügt, zu verwandeln und ihr eine ganz neue Dimension zu geben.

Die Kräuter, die in der griechischen Küche dominieren, sind Oregano und Bohnenkraut, dann folgen Minze und Rosmarin. Dagegen stehen in der italienischen Küche Basilikum, Salbei und Majoran an erster Stelle. Die Engländer wiederum ziehen die Pfefferminze vor, während die Franzosen allem Anschein nach eine Vorliebe für Thymian und Lorbeer haben. Die Spanier und Marokkaner schließlich geben dem Safran den Vorzug.

In Griechenland wird der Oregano sehr oft für gebratenes Fleisch, auf Feta, in Salaten, aber auch in allen Arten von "keftedes" (Klößchen) verwendet, Rosmarin für in Öl gebratene Fische und für Schnecken, Lorbeer in Suppen, für Hülsenfrüchte, aber auch als Beigabe für die bessere Konservierung von gedörrten Früchten (Feigen, Trauben), Minze für "pites" (Teigtaschen) und der Thymian für Wild.

Viele Kräuter, die in anderen Ländern als "Gewürze" Verwendung finden, nehmen die Griechen lieber als Getränke (Tees) zu sich, so etwa den Salbei, Majoran und Thymian, aber auch den Diktamus, den "Bergtee" (Gliedkraut) und die Kamille.

Die Kräuter eignen sich gut für Marinaden und Salate, verleihen aber auch Olivenöl und Essig ein herrliches Aroma.

Die einen passen hervorragend zu Fischgerichten wie zum Beispiel Rosmarin, Lorbeer, Basilikum und Fenchel, während andere besser für Fleischspeisen geeignet sind: so eignen sich Majoran, Thymian (aber auch Basilikum und Rosmarin) sehr gut zum Würzen von Rind- und Kalbsfleisch. Huhn und Pute gehören zu jenen Fleischsorten, für die verschiedene Kräuterarten verwendet werden können: Thymian, Oregano, Safran und Minze. Schweinefleisch lässt sich hervorragend mit Salbei, Lorbeer und Rosmarin würzen, Lamm- und Ziegenfleisch mit Oregano, Rosmarin und Thymian, aber auch mit einer Pfefferminzsoße. Was die Hülsenfrüchte betrifft, so eignen sich dafür, insbesondere zum Würzen von Bohnen und Linsen -Salbei, Lorbeer und Oregano. Basilikum und Minze passen wunderbar zu Teigwaren und Gerichten auf der Grundlage von Joghurt, aber auch zu Tomaten und Auberginen.

Auch Broten, Biskuits, Zwiebacken, aber auch Kuchen verleihen die Kräuter eine besondere Note; sie sollten hier am besten in frischer Form verwendet werden.

Man sollte auch die Liköre mit Kräutern, die erfrischenden Getränke mit Pfefferminze und Joghurt sowie die Scherbetts (Sorbets) probieren. Eine Kombination, die originell und natürlich seit der Antike wohlbekannt ist, ergibt sich, wenn man dem Wein verschiedene Kräuter und Gewürze, wie z. B. Salbei und Safran zusetzt.

Wer Lust hat, kann seine eigenen Gewürzmischungen kreieren, indem er verschiedene getrocknete und am besten gemahlene Kräuter kombiniert. Zum Beispiel kann man Majoran, Thymian, Basilikum, Oregano oder Bohnenkraut, Dill, Petersilie und Estragon miteinander mischen, mit einer Gewürzmühle mahlen und die Gewürzmischung in kleine Gläser abfüllen.

Ein Gericht, bei dessen Anblick einem das Wasser im Mund zusammenläuft: gekochte frische Sprossteile und Wurzeln, mit Olivenöl angemacht.

Die Kräuter sind jedoch mit großer Vorsicht zu gebrauchen, denn sie können zwar – richtig verwendet - den Speisen ein wunderbares Aroma verleihen, doch ein Zuviel kann ein Essen oder eine Süßigkeit auch geschmacklich ruinieren. Man muss zum Beispiel berücksichtigen, dass die frischen Kräuter sich im Vergleich zu den getrockneten durch ein intensiveres Aroma auszeichnen – man muss also auch entsprechend anders dosieren! Außerdem sollte man beachten, dass es bei gewissen Kräutern wegen ihres ausgeprägten Geschmackes nicht ratsam ist, sie in Verbindung mit anderen Kräutern zu verwenden (Salbei zum Beispiel lässt sich nicht gut mit anderen Kräutern kombinieren).

VIER NÜTZLICHE RATSCHLÄGE

• Wer im Gebrauch von Kräutern unerfahren ist, sollte sie vorsichtig und mit Maß verwenden.

• Man sollte jeweils nur ein Gewürzkraut benutzen, bis man den Geschmack jedes einzelnen gut kennt.

• Nachdem man sich mit den Kräutern vertraut gemacht hat, kann man dazu übergehen, sie zu mischen und zu kombinieren.

• Es besteht natürlich auch immer die Möglichkeit, direkt in Spezialgeschäften fertige Gewürzmischungen zu kaufen.

GETRÄNKE (TEE)

Getränke aus verschiedenen Kräutern, die man warm oder kalt genießen kann, sind sehr beliebt, denn sie sind nicht nur leicht zuzubereiten, sondern auch der Gesundheit zuträglich.
Rechnet man 1 – 1 ½ Teelöffel pro Tasse , so kommt man zu einer guten Dosierung. Falls Wurzeln, Rinde oder harte Blätter verwendet werden, ist es gut, diese vor Gebrauch zu zerkleinern. Empfehlenswert ist Emaille-, Porzellan- oder Keramikgeschirr. Weiter sollte man über einen Seiher aus Plastik oder Metall, einen Wasserkocher sowie Tassen mit Deckeln verfügen. Je nach Härte der Pflanze variiert auch die Art und Dauer der Zubereitung des Getränks.
Zur Wahl stehen vier Arten, wie man Getränke aus Kräutern herstellen kann:

1. Man bringt Wasser zum Sieden. Sobald es siedet, nimmt man es vom Feuer und gießt es über das Kraut. Das Kraut muss sich in einer gut verschlossenen Teekanne befinden. Man lässt den Tee 10 Minuten ziehen, filtert ihn dann und trinkt ihn.
2. Man bringt das Wasser zusammen mit der entsprechenden Krautmenge zum Sieden. Nach 2 bis 3 Minuten Sieden stellt man die Herdplatte ab und lässt den Tee 10 Minuten ziehen, worauf man ihn filtriert und trinkt.
3. Man erwärmt das Wasser auf 70 bis 80 Grad, lässt es also nicht sieden. Dann nimmt man es vom Feuer und gießt es über das Kraut. Man lässt den Tee zugedeckt 7 bis 8 Minuten ziehen, filtert ihn dann und trinkt ihn.
4. In Wasser, das Zimmertemperatur hat, gibt man die angemessene Menge Teekraut. Ohne das Wasser zu erwärmen, lässt man den Tee 3 bis 4 Stunden so ziehen.

MIT MINZE UND BASILIKUM SCHMÜCKTE GOTT DIE WELT

Mentha piperita
Mentha spicata
Mentha silvestris
Mentha viridis
Mentha pulegium

Die Minzen gehören zu den Pflanzen, die sich leicht vermehren und kreuzen, weshalb man mehr als 20 verschiedene Arten finden kann, die sich nur in Kleinigkeiten unterscheiden. Für alle ist der betäubende Duft charakteristisch.

♦ MYTHOLOGIE - GESCHICHTE

Als Persephone eines Nachmittags an den Ufern des Flusses Acheron spazieren ging, überraschte sie Hades wie er gerade eine schöne, junge Nymphe namens Minthe in den Armen hielt.
Außer sich vor Wut der Untreue ihres Gatten verwandelte sie die Nymphe in ein unscheinbares Kräutchen mit kleinen, violetten Blüten. Hades tat diese aber leid, und deshalb schenkte er ihr den göttlichen Duft - und damit auch die "Unsterblichkeit", nämlich einen erstrangigen Platz im gastronomischen Pantheon der aromatischen Kräuter.
Die alten Griechen glaubten, dass die Minze belebend auf die geistigen Kräfte wirke und das Blut erfrische. Außerdem war sie nach ihrer Meinung eines der effektivsten Mittel gegen Kopfschmerzen. Aus diesem Grund trugen sie gleich im Anschluss an die ausgedehnten Weingelage Kränze mit Minze, um dem Kopfweh zuvorzukommen.
Die Römer waren außerordentlich angetan vom herrlichen Aroma der Pfefferminze.

Deshalb verwendeten sie diese nicht nur bei der Zubereitung vieler ihrer Speisen, sondern sie aromatisierten damit sogar das Wasser, mit dem sie sich wuschen.
Der berühmte römische Koch Attikios empfiehlt in einer seiner Schriften eine Soße für in Öl gebratene Seebarbe, zu deren Zubereitung er Raute, Pfefferminze, Koriander, Fenchel, Pfeffer, Honig und etwas Olivenöl verwendete.

♦ VOLKSTÜMLICHE HEILKUNDE - THERAPEUTISCHE EIGENSCHAFTEN

Die Pfefferminze gilt als hervorragendes tonisches, verdauungsförderndes und entkrampfendes Mittel. Sie aktiviert die Funktion der Leber und Galle.
Ein Dampfbad mit ätherischem Pfefferminzöl hat eine stark desinfizierende und reinigende Wirkung und regt darüber hinaus den Blutkreislauf an.
Außerdem empfiehlt sich der mit Honig gesüßte Pfefferminztee gegen Bauchschmerzen, Blähungen sowie bei Magengeschwüren. Er

Fliskuni

mildert Übelkeit während der Schwangerschaft und auf Reisen.

Die Pfefferminze wird hauptsächlich wegen ihres ätherischen Öls angebaut (50 - 60% Mentholgehalt). Es ist ein wichtiger Bestandteil bei der Herstellung von Zahnpasten, Halsbonbons, Kaugummi, verschiedenen verdauungsfördernden Getränken sowie Massageöl. Wegen der stark antiseptischen Wirkung des Menthols wurde früher die Pfefferminze auch als Kompresse bei Hautkrankheiten und zur Heilung von Schuppenflechte angewandt.

♦ ANBAU

Die Minzen gehören zu denjenigen Pflanzen, die sich außerordentlich leicht kreuzen. Während es offiziell 8 verschiedene Arten gibt, vermutet man, dass ihre Zahl in Wirklichkeit 30 übersteigt. Sie unterscheiden sich in Form und Größe der Blätter, aber hauptsächlich im Geruch und Geschmack. Die Pfefferminze liebt nährstoffreichen Boden mit ziemlich viel Feuchtigkeit. Normalerweise aus Samen gezogen kann sie aber auch durch Wurzeln und Nebenschösslinge vermehrt werden.

♦ ERNTE - KAUF - LAGERUNG

Am besten sammelt man die Pfefferminze in den Frühlingsmonaten, früh am Morgen. Wenn man sie trocknen will, wäscht man sie zuerst schnell mit kaltem Wasser und legt sie dann, nachdem sie trocken ist, an einen kühlen, schattigen Platz. Will man sie in frischem Zustand verwenden, so kann sie bis zu 4 Tage im Kühlschrank aufbewahrt werden. Man sollte die Pfefferminze oder Minze ("dyosmos") stets in Beutel abgepackt kaufen, denn in offener Form hat sie bereits ihr Aroma verloren.

♦ KULINARISCHE VERWENDUNG ♦

Die Pfefferminze gehört wegen ihres erfrischenden und süßen Geschmacks zu den beliebtesten und meist gebrauchten aromatisierenden Kochingredienzien. In der altgriechischen Kochkunst wurde sie anscheinend hauptsächlich zur Zubereitung von Soßen verwendet. So heißt es z. B. bei Athenaios: "Wenn die Seeigel mit einer süßsauren Soße aus Essig und Honig, zusammen mit Petersilie und Minze ("dyosmos") gegessen werden, so sind sie leicht verdaulich, süß und angenehm im Geschmack."

In der modernen griechischen Küche benutzt man die Pfefferminze hauptsächlich frisch und fein geschnitten in Hackfleischbällchen, gefülltem Gemüse ("dolmades"), Auberginensalat sowie in mit Zucchini oder Frischkäse gefüllten Teigtaschen.

Im Nahen Osten, in Indien, Afrika und Persien wird sie vor allem in getrockneter Form verwendet, um Fleisch- und Fischgerichte, aber auch Getränke auf der Basis von Milch oder Joghurt zu aromatisieren. Die Pfefferminze in getrockneter Form verliert aber leider 70% ihres Aromas.

In Europa sind der Likör "Crème de Menthe" sowie die Pralinen mit Pfefferminzfüllung bekannt. Außerdem verwendet man die Pfefferminze für Soßen zu Lammgerichten, in Fruchtsäften sowie in Zitronen- und Orangenfruchteis. Probieren Sie auch die erfrischende Suppe mit frischer Pfefferminze und Schokoladenkuchen mit Pfefferminze.

THYMIAN
EIN KRAUT DAS "TÖTET" UND HEILT

Thymus vulgaris
Thymus serpyllum
Thymus pulegioides
Thymus capitatus
Thymus atticus
Thymus striatus

Ein Symbol der Kraft und ein Tonikum für Körper und Geist - der Thymian schmückt mit seinen kleinen weißen oder violetten Blüten die steinigen Böden des Mittelmeers, gibt den bleichen Sandhügeln Farbe und bildet einen Anziehungspunkt für die Bienen.

♦ MYTHOLOGIE - GESCHICHTE

Sein altgriechischer Name "*thymos*" stammt vom Verb "thyo - thysiazo", was damit zusammenhängt, dass in der Antike auf den Altären unter anderem auch frische Thymianzweige zu Ehren der Götter verbrannt wurden. Die Armen nahmen im alten Griechenland ein kräftigendes Getränk aus einer Mischung von Thymian, Honig und Essig zu sich, während die alten Leute große Mengen an Thymiantee tranken, um sich geistig anzuregen.
Die römischen Soldaten nahmen ein mit Thymian aromatisiertes Bad, um neue Kraft zu schöpfen.
Plinius empfiehlt Kompressen am Kopf mit einem Absud aus Thymian und zugesetztem Essig zur Erweckung der Lebenskräfte und gegen Kopfschmerzen. Ihm zufolge soll Thymian auch als Gegengift gegen Schlangenbisse von Nutzen sein. Die Römer verbrannten den Thymian in ihren Landhäusern, um Skorpione zu verscheuchen.
Alexander der Große soll sich auf seinen Feldzügen mit einem Absud aus Thymian gewaschen haben, um sich der Läuse zu entledigen.
Im 16. Jahrhundert pflegten die Frauen ihren Männern eine Suppe mit geriebenem Thymian und Bier zu essen zu geben - als Tonikum für ihre Männlichkeit. Außerdem glaubte man, dass wer unter Melancholie litte, davon geheilt werden könne, wenn er jede Nacht auf einem mit Thymian gefüllten Kissen schliefe.

♦ VOLKSTÜMLICHE HEILKUNDE - THERAPEUTISCHE EIGENSCHAFTEN

Die Kreter rieben ihr Zahnfleisch mit Thymian ein, wenn sie Zahnfleischprobleme hatten. Tatsächlich haben moderne Untersuchungen bewiesen, dass das Gurgeln mit einem Thymianabsud bei Zahnfleischproblemen, Halsweh und Husten sehr positive

Wirkungen hat.
Der Thymian besitzt nämlich eine sehr wichtige Eigenschaft: er tötet die Bakterien! Die beiden Öle, die er als grundlegende Bestandteile aufweist, das Thymol und das Carvakrol, verleihen ihm besondere antibakterielle und antimykotische Eigenschaften. Aus diesem Grund wurde in Europa in der Vergangenheit ausgiebiger Gebrauch von Thymianlösung in Kombination mit Seife gemacht, um die Hände und die Chirurgiegeräte zu desinfizieren.
Thymiantee fördert die Darmtätigkeit und wirkt entblähend. Außerdem ist er ein gutes Mittel gegen Atonie und Stress.
Allen, die unter Rheumatismus leiden, sind Thymianbäder anzuempfehlen. Thymianumschläge beschleunigen die Wundheilung und lindert bei Insektenstichen den Juckreiz.

♦ ANBAU

Es gibt mehr als 100 Thymianarten, wovon viele mehr als Zierpflanzen gehalten werden. Der Thymian gedeiht am besten auf armem, felsigem, alkalischem Boden. Je nach Bodenart - und die Pflanze kann auf vielerlei Boden wachsen - hat er mehr oder weniger Aroma. Was er vor allem braucht, sind Sonne und gute Drainage.

♦ ERNTE - KAUF - LAGERUNG

Der Thymian wird - hauptsächlich seine blühenden oberen Teile - früh am Morgen gesammelt und in Bündeln an einem kühlen, schattigen Ort getrocknet. Zum Küchengebrauch ist es ratsam, ihn zu zerstückeln und nur die grünen Blättchen und die Blüten zu behalten, die man dann in einem gut verschlossenen Glas aufbewahrt.
Wenn man Thymian kauft, sollte man am besten frisch geerntete Thymianbündel kaufen, wie sie in den Sommermonaten zu haben sind. Verpackt sind kleinere Mengen vorzuziehen, weil sich das Aroma schnell verflüchtigt.

♦ KULINARISCHE VERWENDUNG ♦

Der Thymian ist adstringierend und hat, insbesondere der wilde, ein sehr starkes Aroma. Er ist einer der wesentlichen Bestandteile des berühmten "bouquet garni", wo er in einer Mischung aus Oregano, Petersilie und Majoran zum Würzen von Suppen und Soßen dient. In der griechischen Küche wird er als Gewürz für Hackfleischbällchen, gefülltes Gemüse, Fleisch, Geflügel und Teigtaschen verwendet. In Zypern gibt es ein Rezept namens "Mit Thymian gewürzter Hase", wo das Fleisch auf eine ganze Thymianstaude gelegt wird und im Tontopf geschmort wird.
Grundsätzlich eignet sich der Thymian hervorragend für Fleischgerichte (Huhn, Kalb, Kaninchen), die mit Wein und Tomate zubereitet werden.
Für die Bewohner von Marseille ist sogar für Fisch der Thymian das ideale Gewürz!
Versuchen Sie ihn auf in Öl gebratenen Auberginen oder auf im Ofen gerösteten Paprikaschoten.
Im Libanon geben die Mütter den Kindern am Morgen Brot, worauf sie eine Mischung aus frischem Thymian und Olivenöl gestrichen haben: das soll sie geistig fitter machen.

WIE JEMAND STERBEN KANN, WENN ER IM GARTEN SALBEI HAT

Salvia officinalis
Salvia purpurascens
Salvia sclarea
Salvia pomifera
Salvia verbenacana
Salvia triloba

Diese Pflanze mit ihren aschgrünen, flaumigen Blättchen und violetten Blüten, von der die Berge Kretas übervoll sind, hat seit dem Altertum die Aufmerksamkeit der Botaniker und Ärzte auf sich gezogen, denn sie gilt als eine der wichtigsten Heilpflanzen. Übrigens bezieht sich ihr lateinischer Name "salvia" genau auf diese Tatsache: das Verb "salvare", worauf der Name zurückgeht, bedeutet "retten".

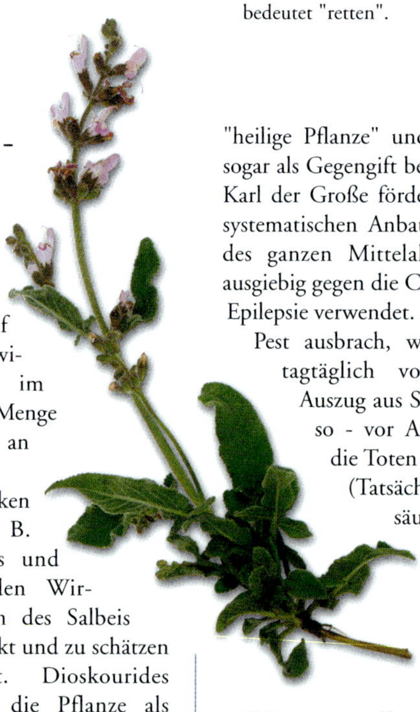

♦ MYTHOLOGIE - GESCHICHTE

Die Chinesen, die seit Jahrhunderten ein einzigartiges System traditioneller Medizin, das auf Heilpflanzen basiert, entwickelt haben, tauschten im Mittelalter für eine kleine Menge Salbei die dreifache Menge an bestem Tee.
Sehr früh hatten die antiken Botaniker-Ärzte wie z. B. Theophrast, Dioskourides und Hippokrates die heilenden Wirkungen des Salbeis entdeckt und zu schätzen gelernt. Dioskourides nennt die Pflanze als Augenbalsam und empfiehlt sie gegen Blutungen. Als Tee wurde der Salbei in der Antike mit Langlebigkeit und der Wiederherstellung des Gedächtnisses in Verbindung gebracht.
Die Römer nannten ihn "heilige Pflanze" und empfahlen den Salbei sogar als Gegengift bei Schlangenbissen.
Karl der Große förderte in Deutschland den systematischen Anbau der Pflanze. Während des ganzen Mittelalters wurde der Salbei ausgiebig gegen die Cholera, hohes Fieber und Epilepsie verwendet. Als 1690 in Toulouse die Pest ausbrach, wuschen sich die Diebe tagtäglich vorbeugend mit einem Auszug aus Salbei und Rosmarin, um so - vor Ansteckung "geschützt" - die Toten ausplündern zu können. (Tatsächlich haben die Phenolsäuren, die in den Blättern enthalten sind, eine antibakteriell-antiseptische Wirkung.)

♦ VOLKSTÜMLICHE HEILKUNDE - THERAPEUTISCHE EIGENSCHAFTEN

In Griechenland, aber auch allgemein auf dem ganzen Balkan fand das Salbeiöl eine weite Verwendung in der Volksmedizin: als drastisches Schmerzmittel gegen Zahnweh, als Arznei gegen

Wunden der Mundhöhle und bei Mandelentzündungen sowie zum Einreiben bei Darmkoliken. Der Salbeitee gilt als hervorragendes Heilmittel bei Erkältungen, Halsweh und Grippe. Außerdem hat er eine verdauungsfördernde, anregende Wirkung für den Magen. Das aus der Ziersalbei salvia sclarea gewonnene ätherische Öl findet in der Aromatherapie Verwendung.

Getrockneter Salbei

♦ ERNTE - KAUF - LAGERUNG

Das Sammeln des Salbeis geschieht im Zeitraum zwischen Ende Mai und Ende Juni, wenn die Pflanzen in voller Blüte stehen. Es gibt eine breitblättrige und eine gekräuselte Art, von denen die letztere in großer Zahl in den Bergen Kretas anzutreffen ist. Die gekräuselte Variante ist geeignet für Tees und für Heilzwecke, während die breitblättrige mit ihrem milderen Geschmack sich eher für den Gebrauch in der Küche empfiehlt. Man sammelt den Salbei früh am Morgen und legt ihn zum Trocknen an einen kühlen, schattigen Ort - damit sich sein Aroma erhält, sollte er keinesfalls direkt in der Sonne getrocknet werden. Dann verschließt man ihn gut in einem Glas.

Kauft man den Salbei, so geschieht das am besten während der Sommermonate, da er dann bestimmt frisch geerntet worden ist.

♦ ANBAU

Die Gattung umfasst 250 Arten, alles kleine, einjährige und krautige Pflanzen, die in gemäßigtem und warmem Klima wachsen. In Griechenland sind 20 davon heimisch.

Besonders die breitblättrigen Arten können im Frühling leicht ausgesät werden. Die Pflanzen können in Töpfen oder im Garten gezogen werden. Sie entwickeln sich am besten an sonnigen Standorten.

♦ KULINARISCHE VERWENDUNG ♦

Liebling der italienischen Küche hat der Salbei einen leicht bitteren, stark würzigen Geschmack. Man verwendet ihn für Gerichte mit Schweinefleisch, Ente, Wurst oder Speck, wo er das Fett geschmacklich neutralisiert.

Er passt aber auch gut zu in Öl gebratenem Kaninchen, zu Garnelen, zu fetten Fischen wie etwa dem Aal sowie zu grünen Bohnen.

In der kretischen Küche wird er zum Räuchern der Würste verwendet, aber auch zum Feuern der traditionellen Holzöfen, in denen dann der Zwieback - mit besserem Geschmack, so glaubt man - gebacken wird. Es gibt außerdem ein traditionelles Rezept für die Zubereitung von im Öl gebratener Schweinsleber, wo der Rosmarin durch Salbei ersetzt wird. Versuchen Sie auch die knackigen, in Teig getauchten und dann im Öl gebratenen Salbeiblätter.

Zuweilen fügt man auch den Hülsenfrüchten ein paar Salbeiblättchen bei, um sie während der Lagerung vor Ungezieferfraß zu bewahren.

LORBEER
DEM GOTT APOLLO GEWEIHT

Laurus nobilis

Der Lorbeer ist ein biegsamer Strauch mit schönen glänzenden, dunkelgrünen Blättern und eindrücklichen, leuchtend gelben Blüten. Etymologisch leitet sich sein Name entweder vom Keltischen "laur" her - was "grün" bedeutet - oder vom lateinischen Wort für "Ehre", "Lob".

♦ MYTHOLOGIE - GESCHICHTE

Apollo verliebte sich in Daphni, die Tochter des Flussgottes Ladon, ein wunderschönes, aber wildes und freiheitsliebendes Mädchen. Als Apollo ihr nachstellte, um ihr seine Liebe zu erklären, suchte Daphni bei ihrer Mutter, der Göttin Erde, Zuflucht. Diese verwandelte ihre Tochter, um sie vor den Nachstellungen Apollos in Sicherheit zu bringen, in einen schlanken, biegsamen Strauch, den Lorbeer.
Weiter berichtet der Mythos, Apollo habe sich nach seinem Sieg über den Drachen Python, den er an den Ufern eines Flusses getötet hatte, im Fluss gebadet, und nachdem er sein Haupt mit dem Zweig eines Lorbeerbaumes, der dort wuchs, geschmückt habe, sei er in Delphi als Sieger eingezogen. Seit jener Zeit steht der Lorbeer als Symbol für "Reinigung", "Sieg", "Ruhm" und "Ehre".
Der Lorbeer war dem Arzt Asklepios geweiht.

♦ VOLKSTÜMLICHE HEILKUNDE - THERAPEUTISCHE EIGENSCHAFTEN

In Kreta pflegten die Frauen ein Glas mit "agourolado" (aus grünen, also unreifen Oliven gewonnenes Öl) zu füllen, Früchte des Lorbeers dazuzugeben und es dann in die Sonne zu stellen. Dieses Öl wurde dann auf die Haare aufgetragen, um den Haarwuchs zu fördern, aber es wurde auch dazu benutzt, Rheumatismus, Verstauungen und Muskelzerrungen zu behandeln.
Viele Bauern wuschen im Sommer ihre Tiere mit Lorbeerwasser, um die Parasiten fernzuhalten.
Außerdem verwendete man aus getrockneten

und zerriebenen Lorbeerblättern hergestelltes Pulver gegen Nasenbluten. Der Lorbeertee stimuliert den Magen und hilft bei Verdauungsproblemen.

♦ ERNTE - KAUF - LAGERUNG

Die eindrücklichen, glänzenden Blätter des Lorbeers verlieren nicht nur ihre schöne Farbe, sondern auch teilweise ihr Aroma, wenn man sie trocknet. Auch für den Lorbeer gilt die goldene Regel des Trocknens: keinesfalls der Sonne aussetzen! Zur Lagerung benutzt man am besten kleine Tüten oder Gläser, die gut schließen. Beim Kauf ist darauf zu achten, dass die Tüten oder Gläser gut verschlossen sind.

♦ ANBAU

Der Lorbeer ist ein mehrjähriger, immergrüner Strauch . Er gedeiht auf nährstoffreichem Boden mit viel Sonne und Schutz vor Wind. Man kann ihn aus Samen ziehen, doch ist es vorzuziehen, kleine Pflanzen zu kaufen und diese dann im Frühling zu setzen oder umzutopfen.

♦ KULINARISCHE VERWENDUNG ♦

Traditionell wurde der Lorbeer in der griechischen bzw. kretischen Küche dazu verwendet, getrocknete Feigen und Rosinen zu aromatisieren und diese vor fressendem Ungeziefer zu schützen.
Der Lorbeer dient außerdem als aromatisierende Beigabe für die Linsensuppe, Kalbs- oder Kaninchen-"stifado" (Gericht, das mit viel Zwiebeln gekocht wird), und für die Zubereitung des Sauerteigs ("kounenos") bei der Herstellung des "eftasymo"-Brotes (Brot, für dessen Herstellung anstatt Mehl Kichererbsenmehl verwendet wird).
Der Lorbeer gehört zu denjenigen Gewürzkräutern, die in der Mittelmeerküche als Bestandteil der Gewürzmischung "bouquet garni" zum Würzen von Suppen, Reis und gegrilltem Fleisch verwendet wird.
Er passt auch gut zu den verschiedenen Gelees, die aus Schweine- oder Kalbsfleisch hergestellt werden.
Lauwarmer Milch beigegebene Lorbeerblätter verleihen ihr einen äußerst angenehmen süßen Geschmack. Man gibt ein bis zwei Lorbeerblätter in etwas Milch, die man dann erwärmt – sie sollte aber nicht kochen. Mit dieser Milch lassen sich dann Puddinge und Cremetorten zubereiten.
Da der Lorbeer, insbesondere der frische, ein starkes Aroma besitzt, sollte er immer mit Maß verwendet werden.

ROSMARIN

SYMBOL DER SCHÖNHEIT UND TALISMAN GEGEN HEXEN

Rosmarinus officinalis

Ein Geschenk Aphrodites an die Menschen galt der Rosmarin als ein Elixier der Jugendlichkeit und ein Symbol der Schönheit und der Lebenskraft. Er gehört zu jenen Sträuchern, die im täglichen Leben der Menschen des Mittelmeers eine bedeutende Rolle spielten.

♦ MYTHOLOGIE - GESCHICHTE

Im Altertum brachte man den Rosmarin den Unsterblichen dar: man verbrannte ihn während Opferzeremonien, mit denen die Menschen sich die Götter gnädig stimmen wollten.

Der Botaniker Albini stieß im Innern einer Mumie auf ganze Rosmarinzweige, die in diesem Zusammenhang entweder als zeremonielle Beigabe oder zu Konservierungszwecken dem mumifizierten Toten beigegeben worden waren.

Im Mittelalter glaubte man, dass dieser Strauch ausschließlich in den Höfen derjenigen Menschen gedeihe, die gerecht seien, dass er Glück bringe und außerdem vor Hexen und bösen Geistern schütze. Weiter meinte man, der Rosmarin stärke die Erinnerungsfähigkeit, was übrigens auch die Überzeugung der Alten Griechen war, denn in Zeiten ermüdender Studien trugen sie einen Kranz aus Rosmarin auf dem Haupt.

In einer botanischen Schrift aus dem Jahre 1526, die in Kreta entdeckt wurde, lesen wir: "Der Rosmarin hilft bei Erlahmung der Geisteskräfte und gegen Erkältungen. Legt Rosmarin in Wein ein und lasst ihn darin gut verschlossen an einem warmen Ort ziehen." In einer anderen Schrift der gleichen Epoche gibt man eine noch einfachere Empfehlung: "Fühlst du dich ohne Kraft, so koche Rosmarinblätter in reinem Wasser. Wasche dich damit und nachher wirst du in neuem Glanz erstrahlen ... ziehe seinen Geruch ein und du wirst dich wieder jung fühlen."

♦ VOLKSTÜMLICHE HEILKUNDE - THERAPEUTISCHE EIGENSCHAFTEN

Der Rosmarintee wurde weitverbreitet als Mittel gegen Kopfschmerzen angewandt. Für chronische Migränebeschwerden empfahl man, die Stirn oder den Kopf mit ätherischem Rosmarinöl einzureiben.

Überdies soll es auch ein ideales Mittel gegen Haarausfall sein und den Haarwuchs fördern. Tatsächlich findet man Rosmarin als einen Hauptbestandteil in vielen Produkten, die für die Haarpflege bestimmt sind.
Der Rosmarin wirkt antiseptisch. Er wurde bis an den Anfang des 20. Jahrhunderts in den französischen Krankenhäusern zur Desinfizierung der Luft verwendet.
Der Absud aus Rosmarin regt den Kreislauf an, insbesondere was die kleinen Blutgefäße betrifft. Außerdem stimuliert er den Verdauungsapparat und besitzt harntreibende Wirkung. Mit Rotwein gekocht wurde er früher als Mittel gegen Schlaflosigkeit eingenommen.

Getrockneter Rosmarin

♦ ANBAU

Der Rosmarin ist ein holziger, mittelgroßer Strauch mit kleinen, schmalen Blättchen und blauvioletten Blüten (selten auch weiß), der das ganze Jahr über grün ist. Er gedeiht am besten in den sonnigen Gegenden des Mittelmeers, sogar nahe dem Meer, worauf ja übrigens auch sein lateinischer Name Bezug nimmt. Er lässt sich auf beliebigem, selbst steinigem Boden kultivieren. Zu seiner Vermehrung pflanzt man gewöhnlich kleine Zweige einer größeren Pflanze in die Erde, nachdem man sie zuvor 5 - 6 Tage ins Wasser gestellt hat. Der Rosmarin blüht von März bis Juni.

♦ ERNTE - KAUF - LAGERUNG

Man pflückt die zarten Sprossteile des Rosmarins früh am Morgen oder am Nachmittag. Die kleinen Blättchen werden ausgezupft und dann zum Trocknen an einen kühlen, schattigen Ort gelegt. Das getrocknete Gut wird in gut verschlossenen Gläsern aufbewahrt.
Der in Packungen erhältliche Rosmarin ist normalerweise von hervorragender Qualität und eignet sich sehr gut zum Kochen.

♦ KULINARISCHE VERWENDUNG ♦

Rosmarin gehört zu den Lieblingen der Mittelmeerküche. Er dient hauptsächlich zwei Zwecken: zur Aromatisierung und als Mittel zur Aufbewahrung von Speisen. Der Rosmarin verleiht aromatisierten Olivenölen, Essig und Kochsalzen Würze, "Dynamik" und Farbe. Ausgezeichnet passt er zu Kalbs- und Lammfleisch, zu Wild und zu Geflügel.
Allen wohlbekannt ist auch die Brattechnik namens "savoro", wo der Fisch in Öl mit Rosmarin gebraten wird; mit der Soße bedeckt hält sich der Fisch auch außerhalb des Kühlschranks 5 - 6 Tage (im Winter).
In Kreta wird der Rosmarin für das Würzen der in Öl gebratenen Schnecken verwendet.
In der italienischen Küche wird er hauptsächlich in frischer Form benutzt, in Soßen, Spaghetti, Brot, Pizza und Süßigkeiten. Frisch hat er natürlich ein ganz anderes Aroma, weshalb auch viele Küchenchefs empfehlen, Fleischgerichte wie z. B. Lammkeule auf einem wohlduftenden "Kissen" aus frischen Rosmarinzweigchen zu servieren.

SAFRAN
DIE GEWÜRZPFLANZE DER SONNE

Crocus sativus

Der Krokus pflückende Affe beugt sich und bietet der minoischen Göttin die zarten Blüten der kleinen Pflanze dar. Der Künstler hat die ganze Grazie und die Atmosphäre der Kulthandlung in einer einzigartigen Wandmalerei festgehalten, die jetzt im Archäologischen Museum von Heraklion zu sehen ist.

♦ MYTHOLOGIE - GESCHICHTE

Krokus war in der mythologischen Welt der Alten Griechen der Freund des Hermes. Er verletzte sich tödlich, als er sich zusammen mit dem Götterboten im Diskuswerfen übte. Aus seinem Blut spross eine winzige Blume mit leuchtend farbenen Staubfäden.

Die Pflanze "crocus sativus" wurde anscheinend von den Minoern in speziell dafür hergerichteten "Krokusgärten" angebaut, hauptsächlich wegen ihrer goldgelben, dicken und pikanten Staubfäden, die sie sowohl für die Zubereitung von Speisen als auch zum Färben verwendeten. Die Heimat des Krokus ist Mesopotamien. Strabon und Dioskourides erwähnen die Pflanze mehrere Male, und zwar beziehen sie sich auf ihre Eigenschaft als Heilmittel, aber auch als Gewürz und Färbesubstanz. Theophrast spricht von der "gelben Substanz", die aus dieser Pflanze gewonnen wurde und die schon seit dem 16. Jahrhundert vor Christus eine beträchtliche ökonomische Bedeutung gehabt haben muss. Die Blüten der Pflanzen verstreute man im alten Griechenland und in Rom in öffentlichen Sälen, Häusern von Hetären, in Bädern und Theatern.

Im Mittelalter wurde der Krokus im maurischen Spanien angebaut und der aus ihm gewonnene Safran in großen Mengen nach Persien, Kleinasien und China exportiert. In Europa dagegen bestand nie eine große Nachfrage danach.

♦ VOLKSTÜMLICHE HEILKUNDE - THERAPEUTISCHE EIGENSCHAFTEN

In der Antike bezog man den Krokus wegen seiner aphrodisischen Eigenschaft auf die Hetären.

Der Safran ist reich an Vitamin B2 und hat eine tonisch-beruhigende Wirkung für den Magen. Er wirkt entschlackend auf die Leber. In Indien, China, Kaschmir und Persien brachte man ihn mit der Kinderzeugung in Zusammenhang. Interessanterweise gibt es auch in der griechischen Mythologie dazu eine Parallele, denn Gaia, die Mutter von Zeus, schmückt ihrem Sohn das Hochzeitsbett mit Krokusblüten, um die Zeugung eines Kindes mit seiner künftigen Gemahlin Hera zu beschleunigen.

Dioskourides empfiehlt den Krokus bei Gebärmutterleiden, während Galen bei Augenleiden dazu rät.

Noch heute gibt es Leute, die glauben, dass eine mit kleinen Mengen durchgeführte systematische Krokustherapie das Altern verzögern und die geistigen Kräfte stimulieren kann. Aus dem gleichen Grund steht diese Pflanze in Indien in engem Zusammenhang mit geistigen Übungen.

♦ ANBAU

Heute wird der Krokus vor allem in Kozani (Nordgriechenland), in Spanien, Sizilien, im Iran sowie in Kaschmir kultiviert.
Man trifft ihn aber in wilder Form auf brachen Äckern in den Kykladen an, hauptsächlich auf Astypaläa, Syros, Tinos, Mykonos und Delos. Was Griechenland betrifft, so beträgt die jährliche Produktion an Safran im Gebiet Krokos/Kozani ungefähr 10 Tonnen. Er wird in den Nahen Osten, nach England, Japan und Amerika exportiert.
Hochwertiger Safran wird auch in Kaschmir produziert.

Getrocknete Krocus-Staubfäden

♦ ERNTE - KAUF - LAGERUNG

Die Ernte ist höchst aufwendig, da die drei kleinen rötlichen Staubfäden von jeder Blüte eine nach der anderen mit der Hand gepflückt werden müssen. Sie werden dann auf Blechen ausgebreitet und auf Holzkohlenfeuer getrocknet. 75000 Blüten ergeben lediglich 450 g stark aromatischen Safran. Dieses der Natur mühsam abgerungene Gut kann man in kleinen Beuteln oder in kleinen Gläsern kaufen, die man dann an einem kühlen Ort aufbewahren sollte - Farbe, Duft und Geschmack des Safrans werden nämlich durch das Sonnenlicht beeinträchtigt. Man sollte immer Staubfäden von intensiv gelber oder roter Farbe kaufen und sich immer bewusst sein, dass wegen des hohen Preises, den man für den echten Safran bezahlen muss, einiges an Pseudosafran zirkuliert. Auf jeden Fall ist es vorzuziehen, den teureren echten Safran zu erstehen, dafür aber seinen herrlichen Geschmack, seine schöne Farbe und den wunderbaren Duft zu genießen . So oder so sind ja keine großen Mengen davon nötig, denn 1 - 2 Staubfäden sind genug, um dieses einzigartige Gewürz zu genießen.

♦ KULINARISCHE VERWENDUNG ♦

Der Safran wird in den Mittelmeerländern, auf dem Balkan und in Skandinavien hauptsächlich bei der Brotherstellung verwendet. Er ist eine unerlässliche Zutat für die französische Bouillabaisse, schenkt der spanischen Paella ihre lebhafte Farbe und bildet auch ein wichtiges Ingrediens für unzählige Reis-Fleischgerichte der indischen und persischen Küche. In Indien wird der Safran praktisch allen Gerichten und Süßigkeiten des Hochzeitstischs beigefügt. Die Araber pflegen ihn zusammen mit Kardamom in ihrem Kaffee zu rösten. Dieses Gewürz mit seiner leuchtenden Farbe wurde auch in Kreta bis ins 17. Jahrhundert in großem Stil verwendet; heute findet man es jedoch nur noch im Ostergebäck, in Zwieback, Süßigkeiten und Teigwaren der Inseln Astypaläa, Santorin, Pholegandros und Anaphi.
Lösen Sie den Safran immer in zimmerwarmem Wasser auf, bevor Sie ihn - stets mit Maß - Ihren Gerichten beifügen.

BASILIKUM

DER KÖNIG UNTER DEN GEWÜRZKRÄUTERN

Ocimum basilicum

Erfrischend, herrlich duftend und wunderschön wie das Basilikum ist, hat es sich - mit weltweit rund 500 Arten - zurecht den ersten Platz in den Gärten, in der Küche und in der traditionellen indischen Medizin erobert.

♦ MYTHOLOGIE - GESCHICHTE

In seinem Herkunftsland, in Indien, wird das Basilikum "toulsi" genannt. Es ist der gleichnamigen Nymphe geweiht, die sich wie Daphni in einen kleinen Strauch verwandelte, um den Nachstellungen eines Gottes zu entkommen, der sich in sie verliebt hatte. Auch heute noch ist es eine dem Gott Wischnu heilige Pflanze.
Von Indien gelangte das Basilikum schon sehr früh nach Afrika, Ägypten und Griechenland, aber erst im 16. Jahrhundert ins nördlichere Europa. Die Eingeborenen Westafrikas benutzten es als außerordentlich wirksames Heilmittel gegen Fieber, während die Ägypter es zusammen mit Myrrhe und Weihrauch dazu verwendeten, die verstorbenen Pharaonen einzubalsamieren.
Den Römern war das Basilikum ein Mittel der Kochkunst, wie aus dem uns von Attikios überlieferten Rezept "Erbsen mit Basilikum-Soße" hervorgeht. Aber nicht nur das - es war auch das Symbol der Verliebten. Noch heute symbolisiert diese Pflanze sowohl in Italien als auch in Kreta die Liebe, und die jungen Mädchen pflegten dem Geliebten Basilikumzweige zu schenken.
Auch den Orthodoxen gilt das Basilikum als heilige Pflanze, denn es wuchs an genau jenem Ort, wo die Heilige Helena das Kreuz wiederentdeckte.

♦ VOLKSTÜMLICHE HEILKUNDE - THERAPEUTISCHE EIGENSCHAFTEN

Dioskourides empfahl Basilikum bei Problemen des Harnlassens. In der volkstümlichen Tradition wurden seine zerquetschten Blätter gegen Wespen- , Mücken- und Skorpionstiche verwendet. Der Absud aus Basilikum fördert die Verdauung

und beruhigt bei Darmkrämpfen. Basilikumtinktur hilft bei Stomatitis sowie bei Migränen, Kopfschmerzen, Reisekrankheit und während der Schwangerschaft. Frauen, die gerade geboren hatten, pflegten Basilikum zu kauen, um den Milchfluss zu fördern.
Seine geriebenen getrockneten Blätter sind gegen chronische Nasenschleimhautentzündung und Nasennebenhöhlenentzündung zu empfehlen. Basilikum wird auch in der Aromatherapie eingesetzt.

♦ ANBAU

Das Basilikum ist eine zarte, einjährige Pflanze und wächst als kleiner Busch.
Am besten pflanzt man es an einem sonnigen Platz in ziemlich nährstoffreichen, gut drainierten Boden. Es lässt sich leicht aus Samen ziehen.
In Gebieten mit warmem Klima kann man es direkt im Garten aussäen. Oft wird Basilikum zusammen mit Tomaten angepflanzt, da es weiße Fliegen und Stechmücken fernhält. Als Zierpflanze lassen sich in Bezug auf Färbung, Blattgröße und Duft verschiedene Varianten leicht in Gärten oder Töpfen kultivieren. In Griechenland wächst eine Basilikumart, die "Unsterbliche" genannt wird, weil sie sogar im Winter frisch und grün bleibt.

♦ ERNTE - KAUF - LAGERUNG

Die goldene Regel, um - was Geschmack und Duft betrifft - in den höchsten Genuss dieses Krautes zu kommen, besteht darin, das Basilikum wenige Minuten vor dem Kochen zu ernten. Wenn man Basilikum trocknen will, empfiehlt es sich, es vor der Blüte zu ernten. Man trocknet es dann auf einem Baumwolltuch an einem kühlen Ort und bewahrt es in einer gut verschließbaren Dose oder einem Glas auf. Frische Basilikumblätter sind in Öl bis zu 5 Monaten haltbar. Will man frische Basilikumblätter tiefgekühlt aufbewahren, so kocht man sie zuerst in siedendem Wasser. Kaufen Sie sowohl das frische als auch das getrockneten Kraut in kleinen Beuteln bzw. Gläsern und halten Sie es vom Sonnenlicht fern.

♦ KULINARISCHE VERWENDUNG ♦

Basilikum ist der wesentliche Bestandteil des "pesto alla Genovese", einer italienischen Soße, die aus frischem Basilikum, Pinienkernen, Knoblauch und Parmesan hergestellt wird. In der italienischen Küche nimmt das Basilikum eine Vorzugsstellung ein: man würzt damit Gemüse wie Tomaten, Auberginen und Zucchini. Berühmt ist auch die italienische "salsa verde", die für Teigwaren, gekochte Kartoffeln, aber auch für grüne Bohnen verwendet wird.
Basilikum passt gut zu frischen Tomaten und Mozzarella (oder einem anderen Weichkäse wie z. B. "myzithra"), abgeschmeckt mit ein paar Tropfen Essig.
In Kreta machte man früher mit den Blättern des breitblättrigen Basilikums "dolmades".
In Thailand kombiniert man Basilikum mit pikantem Kalbsfleisch, und in Indien mit scharfem Curry-Huhn.

FENCHEL
DER AROMATISCHE

Foeniculum vulgare

Schon sehr früh begann man bei den Ägyptern, Griechen und Römern, den Fenchel in der Küche zu verwenden: so begann die "Laufbahn" eines Gemüses, das bald zu den weltweit populärsten aromatischen "Kräutern" gehören sollte.

♦ MYTHOLOGIE - GESCHICHTE

Die Alten Griechen betrachteten den Fenchel als ein Symbol des Erfolgs: bestimmt verdankt er seinen Namen dem Sieg der Griechen über die Perser bei Marathon im Jahre 490 v. Chr. (griechische Bezeichnung für den Fenchel: "maratho"). Plinius meinte, die Schlangen würden Fenchel fressen, um sich häuten zu können. Für die Chinesen und Inder war er dagegen ein starkes Gegengift gegen Schlangen- und Skorpionbisse. Kaiser Karl der Große wollte, dass in allen seinen Gärten Fenchel wachse, denn er glaubte, dass die Schlafzimmer vor bösen Geistern sicher seien, wenn man Fenchel in die Schlüssellöcher stecke.

♦ VOLKSTÜMLICHE HEILKUNDE - THERAPEUTISCHE EIGENSCHAFTEN

In Griechenland stellten die Frauen früher einen starken Tee aus Fenchelsamen her, vermischten ihn dann mit Joghurt und Honig und verwendeten dies als Maske, um die gealterte Haut neu zu beleben.

Hippokrates und Dioskourides empfahlen den Fenchel als Mittel zur Vermehrung der Muttermilch, und zu diesem Zweck wurde er auch hauptsächlich von den Frauen des Mittelmeerraumes benutzt. Zusammen mit Kamille verwendete man ihn außerdem bei Nierenkoliken.

Sowohl die Samen als auch die Wurzel des Fenchels helfen bei Verdauungsbeschwerden (Blähungen, Verdauungsschwächen, Koliken, Darmverstimmungen), was schon seit dem Mittelalter bekannt war. Der Fenchel hat auch harntreibende Wirkung, und der Aufguss aus seinen Samen wird dazu verwendet, den Nierengrieß zu entfernen und die Leber zu entschlacken.

♦ ANBAU

Der Fenchel lässt sich relativ leicht ziehen, und zwar entweder aus Samen oder aus Wurzeln wilden Fenchels, die man spät im Herbst pflanzt.

Am besten sät man den Fenchelsamen auf leichte, ziemlich feuchte Erde. Ab Anfang Februar kann man dann das erste Grün ernten.

♦ ERNTE - KAUF -LAGERUNG

Wild begegnet man ihm oft auf brachen Feldern, in Felsspalten und Flussbetten.

Den wilden Fenchel sammelt man von Januar bis April. Im Mai und Juni werden die Stauden sehr hart und sind oft von Raupen befallen. Mit dem Sommer kommt aber dann die Zeit, wo man die Samen sammeln kann.

Beim Kauf von Fenchel sollte man darauf achten, dass er immer sehr frisch ist. Man schneidet ihn in sehr kleine Stücke und lässt ihn an einem kühlen Ort auf einem Baumwolltuch trocknen. Er wird dann in einem gut verschließbaren Glas aufbewahrt. Frische Fenchelgrün sowie in dicke Scheiben geschnittene Wurzeln kann man in der Tiefkühltruhe aufbewahren, nachdem man sie zuerst in heißes Wasser eingetaucht hat.

♦ KULINARISCHE VERWENDUNG ♦

In der kretischen bzw. griechischen Küche wird der Fenchel für Teigtaschen ("pites") verwendet. Außerdem bildet er auch eine Zutat für Kraken, Sepien, Fische und Schnecken. Aber er passt auch gut zu Hülsenfrüchten wie z. B. weißen Bohnen ("schwarzäugigen"), Saubohnen und Frühlingsgemüse (frische Saubohnen, Artischocken).

Wenn man stark fettigen Fischen Aroma und Duft verleihen will, kann man auf dem Rost Fenchelblätter als Unterlage benutzen.

Die Samen des Fenchels, die ja besonders würzig sind, eignen sich auch gut zur Aromatisierung von Oliven und Broten.

RANKE (RAUKE)

Eruca sativa

Die Ranke gehört zu jenen Salatkräutern, die fanatische Anhänger, aber auch fanatische Feinde haben. Viele halten sie für eine der besten und nützlichsten Salatpflanzen, während andere sie wegen ihres ausgeprägten Geschmacks nicht leiden mögen. Ohne Zweifel hat sie aber die Herzen der italienischen, athenischen und amerikanischen Feinschmecker erobert.

♦ ERNTE - KAUF - LAGERUNG

Man sollte die frischen Blättchen der Ranke ernten, bevor die Pflanze blüht, da sie sonst einen extrem pikanten Geschmack hat. Man kann auch kleine Bündel Ranke kaufen. Die Blätter sollten aber frisch und ohne Löcher sein. Im Kühlschrank ist sie in einer Plastiktüte 3 - 4 Tage haltbar.

♦ MYTHOLOGIE - GESCHICHTE

Ihr lateinischer Name stammt vom Verb "urere", was "brennen" bedeutet und auf ihren pikanten Geschmack anspielt.

Auf diese ihre Würze bezieht sich auch der Mönch Agapios der Kreter im 15. Jahrhundert: "Die Ranke, der Kardamom und der Sellerie sind warm und verdauungsfördernd. Sie erregen die Fleischeslust und erzeugen Kopfschmerzen, weshalb es besser ist, sie zusammen mit kühlen Kräutern wie dem Portulak, dem Kopfsalat und der Endivie zu essen ..."

♦ VOLKSTÜMLICHE HEILKUNDE - THERAPEUTISCHE EIGENSCHAFTEN

Die Ranke regt den Appetit an - vor allem, wenn sie roh gegessen wird.

♦ ANBAU

Die Ranke gehört zu den Pflanzen, die sich sehr leicht aus Samen ziehen lassen. Außer der wilden Art gibt es noch mindestens 3 - 4 kultivierte Arten, deren Samen im Handel erhältich ist. Gesät werden kann sie - zumindest in Gebieten mit Mittelmeerklima - das ganze Jahr über. Man sollte beim Aussäen ziemlich viel Platz lassen, da sich das spätere Verpflanzen nicht empfiehlt. Wenn man im Winter sät, erzielt man die besten Ergebnisse. Ist der Platz sonnig, können die Pflanzen nach 4 - 5 Wochen geerntet werden.

♦ KULINARISCHE VERWENDUNG ♦

Die frischen, pikanten Blätter der Ranke verwendet man hauptsächlich in Italien als Salat, der mit wenig Olivenöl und Essig angerichtet wird. Sie können aber auch Fleischgerichte begleiten oder zur Füllung verschiedener Teigwaren verwendet werden. Idealer ist es aber, die Ranke mit Kopfsalat, Portulak, Tomaten, Dill sowie frischen Saubohnen oder Frühlingszwiebeln zu kombinieren, was eine ausgezeichnete Geschmacksmischung ergibt.

Versuchen Sie die Ranke auch in Salaten mit Hülsenfrüchten oder Getreide!

ISS BRENNNESSEL
UM DICH VOR ALLEN KRANKHEITEN DES JAHRES ZU SCHÜTZEN (HESIOD)

Urtica urens
Urtica dioica

Mehr als zweieinhalbtausend Jahre vergingen, bis bewiesen wurde, dass Hesiod mit dieser Feststellung keineswegs übertrieben hatte: tatsächlich hat diese kleine Pflanze, die oft für ein Unkraut gehalten wird, vortreffliche Nähr- und Heileigenschaften.

♦ MYTHOLOGIE - GESCHICHTE

Der Name "urtica" wurde ihr von Plinius verliehen, der damit auf das Brennen und Beißen Bezug nahm, das diejenigen plagt, die mit der Pflanze in Berührung kommen. Um die große Kälte während den Winterfeldzügen besser ertragen zu können und sich zu erwärmen, sollen sich die römischen Legionäre mit Brennnesseln eingerieben haben.
Bei den Alten Griechen erfreute sich die Brennnessel als Bestandteil der Mahlzeiten so großer Beliebtheit, dass Aristophanes zur satirischen Empfehlung veranlasst wurde, seine Landsleute sollten doch die wilden Brennnessel auch in ihrem Garten kultivieren.
Apikios riet: "Wenn die Sonne im Widder steht, sollst du weibliche Brennnesseln schneiden und als Medizin verwenden." Weiter gibt er ein Rezept für ein Omelett mit Brennnesseln, wozu man Olivenöl von guter Qualität und reichlich Pfeffer verwenden solle.
Petronius, ein Literat zur Zeit Neros, schrieb, dass die Männer, die ihre sexuelle Potenz verloren hätten, sich mit Brennnesseln schlagen sollten, und zwar am Nabel, an den Nieren und am Hintern.

♦ VOLKSTÜMLICHE HEILKUNDE - THERAPEUTISCHE EIGENSCHAFTEN

Die Brennnessel gehört zu den wertvollsten Pflanzen, die uns von der "Naturapotheke" geschenkt wurden. Sie hat ausgezeichnete blutstillende Eigenschaften (Umschlag), regt den Blutkreislauf an, ist antidiabetisch und beugt dem Skorbut vor, denn sie ist reich an Vitamin A und C sowie an Mineralstoffen wie Eisen, Kalium und

Mangan. Brennnesselumschläge können auch bei Ekzemen und Nasenbluten angewandt werden. In den letzten Jahren zeigten Wirkstoffanalysen, dass der hohe Gehalt an Carotin B den menschlichen Organismus schützt und die Bildung von freien Radikalen verhindert. Aus getrockneten Brennnesselblättern, Zitronenkraut und grünem Tee lässt sich ein reinigendes Frühlingstonikum zubereiten.

Die Brennnessel dient auch der Herstellung von Lotionen und Shampoos.

♦ ERNTE - KAUF - LAGERUNG

Man kann die Brennnessel praktisch überall in der Natur finden, in Gärten, Pärken und an Wegrändern. Sammelzeit ist Dezember bis April - sie sollte noch nicht blühen. Wegen ihres Gehalts an Histaminen und Ameisensäure zieht man am besten Plastikhandschuhe an, wenn man sie sammelt und säubert. Zehn- bis fünfzehnminütiges Kochen in reichlich Wasser genügt, um die brennenden Inhaltsstoffe zu neutralisieren.

Man kann die Brennnessel aber auch auf dem Markt finden, wo sie entweder in Büscheln oder mit anderen Kräutern vermischt verkauft wird.

Frische Brennnesseln taucht man, bevor man sie tiefkühlt, in reichlich kochendes Wasser ein. Trocknet man sie, so immer an einem kühlen Platz, nie an der Sonne.

♦ ANBAU

Die Brennnessel wird nicht systematisch angebaut.

Hat man jedoch ein Büschel davon im Garten, so kann man sie pflegen, indem man ihr etwas Wasser gibt und regelmäßig den Erdboden lockert: so hat man den ganzen Winter über immer ein paar frische Pflanzen.

♦ KULINARISCHE VERWENDUNG ♦

Die Brennnessel hat einen intensiv "krautigen", angenehmen Geschmack und kann sehr gut für Suppen und - zusammen mit anderen wilden Kräutern, Spinat, Zwiebeln und verschiedenen Gewürzen - für Teigtaschen ("pites") verwendet werden. In Makedonien macht man sehr leckeren Brennnesselreis, während man in Italien die Brennnesseln zusammen mit Risotto und reichlich Pecorino-Käse zubereitet. Sie schmecken auch sehr gut, wenn sie mit Eiern und sehr wenig Butter gebraten werden. In Makedonien, Thrakien und Epirus gehört sie zu den beliebtesten in der Küche verwendeten Kräutern.

PORTULAK

SO WERTVOLL WIE DAS OLIVENÖL

Portulaca oleracea

Wenn im Hochsommer in den Mittelmeerländern alles verdorrt ist und nur die Disteln in reicher Zahl blühen, erscheint in den kleinen Gärten, unter den Bohnenstauden, den roten Tomaten und zwischen den Zucchinipflanzen ein Pflänzchen mit fleischigen, dunkelgrünen Blättern.

♦ MYTHOLOGIE - GESCHICHTE

Es ist unbekannt, wann diese Pflanze mit den feinen Blättchen ins Mittelmeergebiet gelangte. Sicher ist aber, dass die Alten Griechen den Portulak kannten, denn er wird immer wieder erwähnt, sowohl von Dioskourides als auch von Galen, aber auch von Plinius, der ihn "Talisman gegen alles Üble" nennt..
Im 15. Jahrhundert schreibt der Mönch Agapios der Kreter: "Er ist kalt und adstringierend. Der kultivierte ist besser als der wilde. Er hilft gegen Magenbrennen und lindert Darmbeschwerden... Wenn man den Portulak mit etwas Saurem isst, ist er schwer verdaulich. Deshalb ist es vorzuziehen, ihn mit Basilikum, Knoblauch, Ranke, Kardamom oder mit anderen würzigen Kräutern zu essen."

♦ VOLKSTÜMLICHE HEILKUNDE - THERAPEUTISCHE EIGENSCHAFTEN

Dioskourides verwendete ihn gegen Magengeschwüre und Augenleiden. Galen spricht von der außerordentlichen Wirkkraft des Saftes seiner Blätter.
Heute verwendet man die Pflanze hauptsächlich als Salat und selten wegen ihrer therapeutischen Eigenschaften. Neueste wissenschaftliche Untersuchungen haben aber festgestellt, dass der Portulak reich an Linolsäure ist, die einer der wichtigsten Faktoren für den niedrigen Prozentsatz an Herzerkrankungen bildet, der insbesondere die Völker des Mittelmeerraums auszeichnet.

♦ ERNTE - KAUF - LAGERUNG

Man kann den Portulak den ganzen Sommer über an Orten finden, die schattig und feucht sind, insbesondere da, wo rundherum Gemüse wächst. Die zarten Blättchen werden zusammen mit den Sprossteilen gepflückt.
Doch man kann ihn auch in Büscheln auf allen Märkten des Mittelmeers kaufen - und das sehr billig.
Im Kühlschrank oder an einem kühlen Ort hält er sich 3 bis 4 Tage.

♦ ANBAU

Der Portulak wächst wild auf fast allen Äckern und in fast allen Gärten Griechenlands, Kretas, Spaniens, Italiens, Ägyptens, Marokkos, der Türkei und Indiens. Er lässt sich aber auch sehr leicht aus Samen ziehen. Die Aussaat geschieht von April bis Mai; in der dritten Woche kann schon geerntet werden.

♦ KULINARISCHE VERWENDUNG ♦

Meistens wird er fein geschnittenen Salaten mit Tomaten, Gurken, Ranke, Zwiebeln und Feta zugegeben. In der Türkei erfreut sich auch ein erfrischender "Salat" aus Portulak und Joghurt großer Beliebtheit. Besonders gut schmeckt der Portulak aber, wenn Sie ihn in einer Tomatensoße zusammen mit Hühnchen und frischen Zucchini kochen.

SPARGEL,
DER GESCHMEIDIGE KÖRPER DER PERIGUNE

Asparagus officinalis
Asparagus acutifolius

Schlank von Gestalt hat er einen angenehmen, milden Geschmack. Viele essen den Spargel fürs Leben gern als Beilage zu Fleisch- oder Fischgerichten, aber er schmeckt auch vortrefflich als Salat oder in Suppen. Sicher ist jedenfalls, dass er nicht nur eine schmackhafte und delikate Speise darstellt, sondern auch der Gesundheit sehr zuträglich ist.

♦ MYTHOLOGIE - GESCHICHTE

Still lag das Meer am Isthmus von Korinth in der Abenddämmerung, und Poseidon ruhte in den Fluten seines Reiches. Es war Frühling, und in den der Demeter geweihten Heiligtümern brachte man der Göttin unermüdlich Opfergaben dar. Da hörte man, vom Wind herbeigetragen, das ängstliche Keuchen der Perigune: Theseus war hinter ihr her, um sie zu seiner Frau zu machen. Verzweifelt und gejagt wie sie war, bat Perigune, Tochter des Räubers Sini, die Götter darum, ihr doch einen Ort zu zeigen, wo sie sich verstecken könne. Da blieb ihr Kleid an einem dornigen Strauch hängen, und das Mädchen, so der griechische Mythos, verwandelte sich in einen frischen und zarten Spargelspross. Seitdem ist die Pflanze der Aphrodite geweiht, und die Böotier schmücken die Bräute mit einem Zweig wilden Spargels. Plinius zählt ihn zu den aphrodisischen Gemüsesorten.

♦ VOLKSTÜMLICHE HEILKUNDE - THERAPEUTISCHE EIGENSCHAFTEN

Der Feinschmecker Athenaios meint in einer seiner Schriften, dass die Spargeln bei allen Darmkrankheiten heilende Wirkung hätten, und der Mönch Agapios der Kreter schreibt im 15. Jahrhundert, dass sie bei Magenleiden sehr wohltuend seien.
Der Spargel ist reich an Magnesium, Phosphor, Vitamin C und E, Folsäure und Carotin. Er wirkt harntreibend und entschlackend, besonders sein Saft.
Die Spargeln enthalten in großer Menge das stickstoffhaltige Asparagin, das für die Regeneration der Körperzellen unerlässlich ist.

♦ ERNTE - KAUF - LAGERUNG

Grüne und sehr dünne Wildspargeln kann man früh im Frühling im ganzen Mittelmeerraum finden. Sie wachsen unter und um Olivenbäume, Eichen, Kiefern und Platanen. Sie lieben feuchte Orte.
Auf dem Markt kann man nur selten wilde Spargeln kaufen, gewöhnlich zu einem hohen Preis. Es gibt aber kultivierte Spargeln zu kaufen, und zwar drei Arten: weiße, violette und grüne, von Frühlingsbeginn bis Juni. Normalerweise werden sie in kleinen Bündeln von ½ kg verkauft.
In ein feuchtes Baumwolltuch gewickelt sind sie im Kühlschrank 4 - 5 Tage haltbar.

♦ ANBAU

Der kultivierte Spargel wird ab März - April ausgesät. Erst nach einem vollen Jahr kann man die Wurzelstöcke, die sich gebildet haben, in fruchtbaren Boden pflanzen. Solche Wurzelstöcke können aber auch direkt gekauft werden.

♦ KULINARISCHE VERWENDUNG ♦

Die wilden Spargeln verwendet man in Griechenland, aber auch im übrigen Mittelmeerraum als Zutat fürs Omelett, oder man kocht sie im Topf leicht "jachni" (mit Tomaten und in Öl gedünsteten Zwiebeln) mit Zitronensoße. Die dicken kultivierten Spargeln dagegen serviert man in Buttersoße als Beilage zu Fleischgerichten, oder man verwendet sie für cremige Suppen, für Teigtaschen ("pites") oder Risotto.
Die weißen Spargeln, die weniger gut schmecken, sind leicht als Konserven zu kaufen. Besser sind die grünen Spargeln, weshalb sie in feineren Gerichten Verwendung finden.
Beim Spargelputzen ist vor allem darauf zu achten, dass man die Spargelstangen auf vier Fünftel ihrer Länge schneidet.

BORETSCH

EIN HEILKRAUT FÜR DIE MELANCHOLIKER

Borago officinalis

Dieses liebliche Unkraut mit den violetten kleinen Blüten und den flaumigen Blättern erwarb sich im Laufe der Jahrhunderte den Ruf, eines der besten Arzneimittel gegen Melancholie zu sein.

♦ MYTHOLOGIE - GESCHICHTE

Der Boretsch soll mit ein Grund dafür gewesen sein, dass die schöne Helena ihren Gemahl Menelaos verliess und mit Paris weit weg von ihrer Heimat nach Troja segelte - was dann wie bekannt zum Trojanischen Krieg führte. Helena habe nämlich zuvor von den blühenden Sprossen der Pflanze gekostet.

Plinius meint in seinen Schriften, dass diese Pflanze dort, wo sie wachse, Freude und Glück bringe.

In einer Schrift aus dem 15. Jahrhundert lesen wir: "Dieses Kraut ist jedem Menschen, sei er krank oder gesund, von großem Nutzen, denn wer es oft isst, wird gutherzig."

Im gleichen Sinn äußerten sich auch zwei berühmte Botaniker aus dem 16. und 17. Jahrhundert, John Gerard und John Evelyn. Beide betonen: "Es ist bekannt, dass der Boretsch sich hervorragend dazu eignet, Melancholikern neue Lebenslust zu verleihen und denen, die sich in schwierigen Studien abmühen, neuen Elan zu geben."

Im Mittelalter bezeichnete Albert der Große den Boretsch als ein Mittel, um "das Blut zu regenerieren".

♦ VOLKSTÜMLICHE HEILKUNDE - THERAPEUTISCHE EIGENSCHAFTEN

Man pflegte den Boretsch als Getränk zu sich zu nehmen, um sich geistig zu stimulieren. Hauptsächlich tranken ihn diejenigen, die intensive geistige Arbeit zu leisten hatten, aber auch jene, die unter Melancholie litten.

In den letzten Jahren zeigten neue wissenschaftliche Studien, die die enthaltenen Substanzen untersuchten, dass diese Pflanze nicht nur reich an Kalium und Kalzium ist, sondern auch eine große Menge an γ-Linolensäure aufweist, eine Substanz, die verschiedenen Krankheiten wie zum Beispiel Krebs oder Herz-

krankheiten vorbeugt. Der Boretsch regt die Nebennierendrüse an (Adrenalinproduktion) und hat eine tonische und harntreibende Wirkung. Der Aufguss kann zur Mundspülung verwendet werden.
Sowohl die Samen als auch die Blätter der Pflanze gelten als milchflussfördernd.

♦ ERNTE - KAUF - LAGERUNG

Soll der Boretsch in der Küche verwendet werden, sammelt man seine Blätter am besten früh im Winter, solange sie noch frisch und zart sind. Die Blüten können, wenn sie für die Küche bestimmt sind, zu jeder beliebigen Tageszeit gesammelt werden.
Will man ihn als Tee genießen, sammelt man die Blätter, Blüten und Samen am idealsten früh am Morgen und trocknet sie an einem schattigen Ort auf einer Zeitung oder einem Küchenpapier. Man kann auch ganze Pflanzen trocknen, indem man sie umgekehrt aufhängt.
Selten kann man die Pflanze auf dem Markt kaufen. Die Samen findet man dagegen leicht.
Die frischen Blätter und Blüten lassen sich 4 - 5 Tage im Kühlschrank aufbewahren, sofern sie gut in einer Plastiktüte verschlossen sind.

♦ ANBAU

Man kann den Boretsch leicht im Garten, in einem Blumentopf oder einer Blumenkiste kultivieren, wobei man die Samen von Oktober bis Dezember aussät. Damit die Pflanze gedeiht, braucht sie ziemlich viel Feuchtigkeit und viel Sonne.

♦ KULINARISCHE VERWENDUNG ♦

Die Köche des Elisabethanischen Zeitalters gaben den grünen Salaten die violetten Blüten des Boretsch bei, um ihnen Geschmack und Farbe zu verleihen. Auch heute noch tut man dies in Amerika, Nordeuropa und Australien.
Die Blätter und die zarten Sprosse haben einen angenehm frischen und süßen Geschmack, der in erstaunlicher Weise an Gurken erinnert.
Aus diesem Grund wurde der Boretsch in Griechenland hauptsächlich als geschmacksbereichernde Beigabe zu grünen Salaten aus Zichorie, Endivie oder Kopfsalat verwendet. Außerdem aromatisiert man mit seinen Blüten Wein und Essig. In der Türkei machte man früher mit seinen Blättern "dolmades".

DER KLATSCHMOHN
DIE BLUME DER GÖTTIN DEMETER

Papaver ghoeas

Der Mohn mit seinen zahlreichen mikroskopischen Samen gehört zu jenen Pflanzen, die im Zusammenhang mit mystischen Fruchtbarkeitszeremonien eine Bedeutung erlangten. Außerdem fand der Mohn auch in der Heilkunde des antiken Griechenlands sowie des weiteren Mittelmeerraumes Anwendung.

♦ MYTHOLOGIE - GESCHICHTE

Der griechischen Mythologie zufolge soll Demeter ein starkes, aus einer Mohnart hergestelltes Getränk namens "aphioni" getrunken haben, um ihren Schmerz über den Verlust ihrer Tochter Persephone zu vergessen, die Hades, der Gott der Unterwelt, von ihr geraubt hatte. Als Demeter dann erwachte, stieg sie auf die Wiesen hinunter und machte die Felder fruchtbar, so dass sie den Menschen reiche Ernten brachten – so gab die Göttin den Sterblichen die Güter der Erde wieder.
In diesem symbolischen Sinn lassen sich vielleicht auch die drei Mohnkapseln verstehen, die ein Idol aus der spätminoischen Zeit auf dem Kopf trägt: sie beziehen sich auf seine Rolle im Fruchtbarkeits- und Lebenskult.
Athenaios zufolge dienten die Mohnsamen in der Antike der Herstellung von Brot höchster Qualität.

♦ VOLKSTÜMLICHE HEILKUNDE - THERAPEUTISCHE EIGENSCHAFTEN

Ausnahmslos alle Ärzte der Antike benutzten die Samen verschiedener, oft aus Ägypten eingeführter Mohnarten als starkes Betäubungsmittel im Zusammenhang mit Operationen.
Der gewöhnliche Mohn, den man auf brachen, sonnigen Äckern oder zwischen Weizen und Gerste antrifft, enthält eine leicht hypnotische Substanz. Aus diesem Grund machte man früher aus den Blumenblättern der Mohnblumen einen Aufguss und gab ihn kleinen Kindern zu trinken, um sie zu beruhigen. Bei starkem Husten verabreichten die Mütter den Kleinen ein Getränk, das sie aus Mohnblüten, Granatapfelschalen und Zucker zubereiteten. Heute stellt man aus Mohnblütenextrakt Hustensirup her.

♦ ERNTE - KAUF - LAGERUNG

Mohnkapseln

Man sammelt die flaumigen, lanzettförmigen Blätter der Mohnblume spät im Winter und bis kurz vor der Blütezeit (April – Mai). In Griechenland kann man auf dem Markt leicht kleine Büschel von Mohnblättern und -sprossen finden. Normalerweise werden sie zum Küchengebrauch zusammen mit Fenchelkraut und Sauerampfer verkauft. Mohnsamen sind in allen Gewürzläden erhältlich.
Die frischen Blätter sind 4 – 6 Tage im Kühlschrank haltbar. Will man sie in die Tiefkühltruhe tun, sollte man sie vorher leicht kochen. Die Samen verderben leicht, weshalb man sie am besten im Kühlschrank oder an einem sehr kühlen Ort aufbewahrt (es ist davon abzuraten, große Mengen davon zu kaufen).

♦ ANBAU

Die griechische Flora zählt 10 verschiedene Mohnarten. Viele Ziermohnarten werden aus Zwiebeln gezogen, die anfangs Frühling gepflanzt werden.

♦ KULINARISCHE VERWENDUNG ♦

Seine wohlriechenden frischen Blätter haben ihn zu einer der beliebtesten Pflanzen zur Herstellung von verschiedenen Arten von Teigtaschen ("pites") gemacht, die man mit Kräutern füllt. Besonders gut schmecken die Blätter, wenn man sie mit Spinat, Lauch, Sauerampfer und Fenchelkraut kombiniert. Mit seinen Samen, die ebenfalls einen charakteristischen Geschmack haben, kann man leckere Kuchen, Brote und kleine Zwiebacke herstellen.

OREGANO

DER LIEBLING UNTER DEN GEWÜRZKRÄUTERN DER MITTELMEERKÜCHE

Origanum Vulgare

An den steinigen, sonnigen Orten des Mittelmeers wächst und blüht im Hochsommer eine schöne Pflanze mit kleinen, runden Blättchen und mikroskopisch kleinen weißen Blüten, die die Bienen wie ein Magnet anziehen.

♦ MYTHOLOGIE - GESCHICHTE

Der Name "Oregano" setzt sich aus den beiden griechischen Wörtern "oros" und "ganos" zusammen und hat die Bedeutung "Bergpracht". Dioskourides empfahl die Pflanze jenen, die ihren Appetit verloren hatten.

♦ VOLKSTÜMLICHE HEILKUNDE - THERAPEUTISCHE EIGENSCHAFTEN

Die Alten Griechen tranken Oreganotee bei Bauchkrämpfen und Vergiftungen. Der Tee ist adstringierend, leicht bitter und wurde deshalb traditionell auch bei Durchfall verwendet.

In der kretischen Volksmedizin benutzte man die in Olivenöl gebratenen Oreganoblätter, um damit bei Hexenschuss Umschläge und Einreibungen zu machen. Bei Zahnschmerzen griff man zum Oreganoöl.

♦ ERNTE - KAUF - LAGERUNG

Man begegnet dieser kleinen Pflanze in ihrer wilden Form hauptsächlich auf sonnigen,

steinigen Böden im ganzen Mittelmeerraum. Von Mai bis Juli (je nach Gegend) ist die Zeit, wo Zweigchen zusammen mit den Blüten gesammelt werden.

In Griechenland kann man auf dem Markt vor allem getrockneten Oregano finden: er wird entweder in Büscheln oder - von den groben Bestandteilen befreit - in Gläsern oder Plastikdosen bzw. Plastiksäckchen angeboten. Wenn man den Oregano in Büscheln kauft, hängt man ihn am besten umgekehrt in einer Plastiktüte auf, denn so erhält sich sein Aroma am besten. Grundsätzlich gilt, dass Farbe und intensiver Geschmack des Oreganos sich dann am besten bewahren, wenn man ihn an einem schattigen Platz trocknet, fern von der Sonne, die ihm die Farbe nimmt und ihn braun werden lässt. Wer ihn in feinerer Form bevorzugt, kann ihn auch zwischen den Händen zerreiben.

Anzumerken wäre noch, dass die getrockneten Blättchen und Blüten über Jahre hinaus haltbar sind, wenn man sie fern von der Sonne und in Behältern aufbewahrt, die sich gut verschließen lassen. Frische Oreganoblätter sind in der Kühltruhe haltbar.

♦ ANBAU

Will man Oregano im eigenen Garten, so gräbt man im Winter oder zu Beginn des Frühlings vorsichtig ein paar kleine Oreganopflanzen zusammen mit ihren Würzelchen aus und pflanzt sie zuerst in Töpfe und später in die Erde. So kommt man zu besonders wohlduftenden Pflanzen, insbesondere im zweiten Jahr. In Bezug auf Wasser sind sie anspruchslos.

♦ KULINARISCHE VERWENDUNG ♦

Der Oregano ist das Emblem der griechischen und allgemeiner der Mittelmeerküche. Mit seinem pikanten Geschmack lässt er sich harmonisch mit extra nativem Olivenöl und Zitronensaft verbinden. Viele Gerichte werden in Kreta, aber auch im restlichen Griechenland mit dieser einfachen Soße serviert oder zubereitet, so etwa Zicklein, Kartoffeln, Leber, Fischfilet und sogar gekochte Zucchini.

Auf vielen Inseln der Kykladen, aber auch des Dodekanes gibt man zur Aromatisierung Oregano in die Bäuche der Fische, die man grillt.

Auch den griechischen Bauernsalat und den Feta kann man im Geschmack verfeinern, wenn man etwas Oregano darüber streut. Gut passt er auch zu Teigtaschen ("pites") und zu verschiedenen Brotsorten, die man mit Gewürzen wie z. B. Kümmel sowie mit Tomate und Olivenöl backt.

Man kann mit Oregano auch gut Olivenöl und Essig, aber auch Oliven - besonders schwarze - würzen. Olivenöl ist mit zugesetztem Oregano auch länger haltbar.

MALVE

FÜR LEICHTE VERDAUUNG UND FREIEN GEIST

Malva silvestris
Malva moschata
Malva cretica

Es ist wirklich merkwürdig, wie diese in den vergangenen Jahrhunderten so populäre Pflanze heutzutage von fast allen vergessen worden ist und ein Schattendasein fristet. Die Alten Griechen, die Römer und Byzantiner hatten sie als Gemüse angebaut, während sie in unseren Tagen nur noch selten und dann als schleimlösender lindernder Tee Anwendung findet.

♦ MYTHOLOGIE - GESCHICHTE

Hesiod, der die attische Malve erwähnt, beschrieb sie zwar als eine Nahrung der Armen, doch er betonte auch ihre bedeutenden gastronomischen und heilkräftigen Eigenschaften. Cicero, Horaz und Martial sprachen von ihr, als ob sie eine der wichtigsten Nahrungsmittel der Menschen sei. Horaz behauptete sogar, er ernähre sich ausschließlich von Oliven, Zichorie und Malven. Die Römer betrachteten sie als außerordentlichen Leckerbissen für ihre Tafel. Von Attikios wird ein Rezept überliefert, dem zufolge die Malven mit "garo" serviert wurden, einer pikanten Fischsoße.
Für die Byzantiner gehörte die Malve zum "wilden Gemüse". In ihren agronomischen Texten führten sie zwei Arten an.

♦ VOLKSTÜMLICHE HEILKUNDE - THERAPEUTISCHE EIGENSCHAFTEN

Diphilos aus Siphnos behauptete vor Jahrhunderten, dass die Malve für den Hals eine lindernde Wirkung habe. Pythagoras und seine Schüler andererseits hatten beobachtet, dass dieses Kraut dem Nachdenken förderlich sei, denn es sei leicht verdaulich und verleihe einen leichten Geist.
Die Blätter der Malve wurden zusammen mit weichem Brot als Brei auf die Glieder aufgetragen, die an Hautkrankheiten oder unter Unterkühlung litten.
Die praktischen Heiler in Frankreich und England stellten aus der Malve einen Sirup für Hals und Atemwege her.
Die Malve enthält die Vitamine A, B1, C und B2. Als Tee wird sie bei Verdauungs-

beschwerden (gewöhnlich zusammen mit Kamille) und Verstopfung sowie bei Entzündung der Atemwege verwendet. Die gekochten und zu Brei zerdrückten Blätter werden als Umschlag bei Warzen, Akne, Allergie, Insektenstichen und Verbrennungen angewandt.

♦ ERNTE -KAUF - LAGERUNG

Man erntet die zarten Sprosse und Blätter der Malve zu Beginn des Frühlings, Ende Februar bis Anfang April - später haben sie oft kleine Raupen. Die Blüten sammelt man im Frühling, gleichzeitig mit der Kamille. Man trifft die Malve fast überall an: in kultivierten Gärten, auf Äckern, an Wegrändern. Da die Malve auf dem Markt nur selten frisch erhältlich ist, muss man sie in der Regel selber sammeln.
Die frischen Malvensprosse halten sich tiefgekühlt 6 - 9 Monate. Bevor man sie einfriert, entfernt man zuerst die schlechten Teile und taucht sie dann 2 - 3 Minuten in heißes Wasser. Will man sie in trockener Form aufbewahren, so legt man sie an einen kühlen Ort auf einer Zeitung zum Trocknen.

♦ ANBAU

Die Malve gehört zu den krautigen Pflanzen, die sich schlecht kultivieren lassen und deshalb am besten auf Äckern gesammelt werden. In Europa finden sich 16 verschiedene Malvenarten mit unterschiedlichen Blüten und Blättern.

♦ KULINARISCHE VERWENDUNG ♦

Wer den Geschmack der Okras liebt, wird in der Malve eine fantastische Zutat finden: sie ist geruchlos und hat krautigen Geschmack, weshalb sie sich gut mit säuerlichen Geschmacksnoten kombinieren lässt. Man entfernt die unbrauchbaren Teile der Pflanze nach der klassischen Art - wie man es bei den Bohnen zu tun pflegt - und kocht sie 4 - 5 Minuten, bevor man sie verwendet.
Man kann sie im Topf mit Huhn oder Lamm und Tomatensoße kochen. Auch für Omeletts ist sie geeignet. Mit den Blättern macht man in Kreta "dolmades", während man in Zypern daraus eine hervorragende sahnige Suppe zubereitet.
Die Früchte der Malve heißen in Griechenland "Brötchen" und im übrigen Südeuropa "Käslein" oder "kleine Biskuits", können roh gegessen werden und haben einen angenehm süßen Geschmack.

GLIEDKRAUT
("BERGTEE")

Sideritis spp.
Sideritis syriaca (Crete)
Sideritis euboea (Delphi)
Sideritis raeseri (Parnassos)
Sideritis cladestina (Peloponese)
Sideritis parxoliata (Mt. Athos)

Der Bergtee gehört zu den beliebtesten Heilkräutern in Griechenland. Er hat einen milden Geschmack und ist verdauungsfördernd.

♦ MYTHOLOGIE - GESCHICHTE

Dieser Halbstrauch, der fast überall in den griechischen Bergen wächst, wird in den Schriften von Dioskourides unter dem Namen "sideritis" erwähnt, da man im Altertum glaubte, dass dieses Heilkraut Wunden heilen könne, die durch Eisen geschlagen worden waren.

Auf Kreta ist die Pflanze endemisch und wird nicht nur "Bergtee", sondern auch "malotira" genannt. Diese letztere Bezeichnung leitet sich von den beiden italienischen Wörtern "male" (Krankheit) und "tirare" (ziehen) her, und spielt darauf an, dass die Pflanze Krankheiten "herausziehen", also heilen kann.

♦ VOLKSTÜMLICHE HEILKUNDE - THERAPEUTISCHE EIGENSCHAFTEN

Die Pflanze wurde und wird häufig bei Erkältungen, Erkrankungen der Atemwege und bei andauerndem Husten verwendet. Außerdem gilt sie auch als ausgezeichnetes Heilmittel gegen Magenschmerzen und bei Verdauungbeschwerden. Bei Nierensteinen wurde sie auch als starkes harntreibendes Mittel benutzt.

Laboruntersuchungen haben gezeigt, dass in den kleinen Blättern und den Blüten der Pflanze konzentrierte Mengen an ätherischen Ölen und Flavonoiden enthalten sind.

♦ ERNTE - KAUF - LAGERUNG

Die blühenden, ein paar Blättchen umfassenden Sprossenden der Pflanze werden im Hochsommer gesammelt, wenn die Pflanze sich auf dem Höhepunkt ihrer Entwicklung befindet. Man trocknet sie an einem schattigen Ort, indem man die Blätter und Blüten in einem Bündel umgekehrt aufhängt oder sie auf einem Baumwolltuch ausbreitet.

Wenn sie ganz trocken sind – man muss mit 6 – 8 Tagen rechnen, weil die Pflanze ziemlich dickblättrig ist – verwahrt man sie in Gläsern an einem kühlen Ort.

Wer Bergtee kaufen will, findet zahlreiche Sorten davon auf den griechischen Märkten.

♦ ANBAU

Man trifft die Pflanze in mehreren Arten fast überall im südlichen Europa an: in Griechenland, Spanien, Portugal, auf Sizilien, Malta und Zypern, besonders in steinigen und gebirgigen Gegenden. Der Bergtee wird in Griechenland relativ leicht in großen, systematischen Kulturen angebaut, ganz speziell aber auf Zypern, wo er immer noch seinen altgriechischen Namen "sideritis" trägt.

MAJORAN
DAS GEWÜRZKRAUT DES GARTENS

Origanum majorana
Origanum onites

♦ MYTHOLOGIE - GESCHICHTE

Der Majoran stammt aus dem Nahen Osten. Seit der Antike wird er in Griechenland in großem Maßstab als Zierpflanze mit aromatisierenden und therapeutischen Eigenschaften kultiviert. Die Alten Griechen glaubten, dass sich Aphrodite mit Majoran parfümiere, weshalb sie die jungen Paare bei der Vermählung mit Majoranblüten bekränzten. Die Ägypter und dann die Araber bereiteten mit Majoranaufgüssen stimulierende Bäder. Und Theophrast berichtet, dass die Syrer ein betäubendes Parfüm aus den Blättern und Blüten des Majorans herstellten.

♦ VOLKSTÜMLICHE HEILKUNDE - THERAPEUTISCHE EIGENSCHAFTEN

Die weltlichen und kirchlichen Sänger im Mittelalter tranken mit Honig gesüßten Majorantee, um ihrer zu stark beanspruchten Stimme Linderung zu verschaffen und sie zu verbessern.
Traditionell wurde der Majoran in der griechischen Volksmedizin gegen Schwindelanfälle und Brechreiz eingesetzt. Ein Getränk aus Majoran und Zitronenschale trank man bei Brustschmerzen, die als Folge einer Erkältung oder wegen Stress aufgetreten waren. Der Majoran soll auch bei Verdauungsbeschwerden und bei durch Stress bedingten Magenschmerzen lindernde Wirkungen haben. Allgemein gilt er als hervorragendes Beruhigungsmittel bei nervösen Zuständen. Inhalieren von Majorandämpfen ist die beste Arznei bei Bronchitis und verstopfter Nase.

♦ ERNTE - KAUF - LAGERUNG

Den besten Majoran sammelt man, bevor er zu blühen beginnt, also im Mai – Juni, denn ab diesem Zeitpunkt beginnen seine Blätter bitter zu werden. Man trocknet ihn an einem schattigen Ort. Auch frisch kann er zur Zubereitung eines Tees verwendet werden.
Auf dem Markt gibt es ihn in Gläsern und Plastikbeuteln, die hermetisch verschlossen sein sollten. Man sollte ihn stets an einem schattigen, kühlen Ort lagern.

♦ ANBAU

Der Majoran ist eine recht empfindliche Pflanze. Er wird entweder aus Samen oder - um schnellere Ergebnisse zu erzielen – aus Nebenschösslingen gezogen. Er braucht ziemlich viel Wasser und muss sowohl vor der heißen Sonne als auch vor zu großer Kälte geschützt werden.

♦ KULINARISCHE VERWENDUNG ♦

Seine kleinen, fast runden Blättchen verwendet man entweder frisch (für einen volleren Geschmack) oder getrocknet für Schweinefleisch, Gemüse, Omeletts, gekochte Fische und "keftedes" (Klößchen). Mit diesem Kraut können Sie Ihren Gerichten ein ganz besonderes Aroma verleihen.

ZICHORIE
(WEGWARTE)

Cichorium intybus
Cichorium spinosum
Cichorium endivia

Sie gilt als eine der beliebtesten Wildkräuter im weiteren Mittelmeerraum und wird dort in großen Mengen entweder roh oder gekocht als Salat verzehrt - im Wissen, dass sie nicht nur sehr schmackhaft ist, sondern auch ein hervorragendes Tonikum für den menschlichen Organismus darstellt.

♦ MYTHOLOGIE - GESCHICHTE

Die Zichorie und ihr besonders bitterer Geschmack waren schon in der Antike wohl bekannt, und die Ägypter bauten sie sogar systematisch an. Die Griechen betrachteten sie als bekömmliche und gesunde Nahrung. Dioskourides erwähnt die harntreibende Wirkung des Zichoriensaftes, und Galen nennt sie "Freund der Leber".
Der Mönch Agapios der Kreter schreibt in seiner Schrift *Dem Volk zuträgliche Nahrung*, dass die bittere Zichorie mit ihren hellblauen Blüten das beste Nahrungsmittel sei. Man müsse die zarten Blätter und auch die Wurzeln dieser Pflanze verzehren, denn sie reinigten die Leber.

♦ VOLKSTÜMLICHE HEILKUNDE - THERAPEUTISCHE EIGENSCHAFTEN

Schon immer war die Zichorie ein sehr beliebtes Kraut für den alltäglichen Verzehr, denn mit ihr verband sich die Idee, dass wer sie entweder roh oder gekocht oder als Absud zu sich nehme, damit die Leber und Galle stimuliere und sich auch die harntreibende und antidiabetische Wirkkraft der Zichorie zu Nutze mache. Tatsächlich ist erwiesen, dass sie den Gallenfluss anregt, weshalb sie auch jenen zu empfehlen ist, die an Gallenstein leiden. Sie besitzt auch harntreibende Eigenschaften und fördert die Ausscheidung der Harnsäure aus dem Organismus.

In Kreta pflegte man die Brühe aus den gekochten Zichorien zusammen mit ein paar Tropfen Öl und reichlich Zitronensaft als ein "der Reinigung des Blutes" förderliches Getränk zu sich zu

nehmen.
Wer will, kann die Zichorie mit Brennnessel und Zitronenkraut (Verbene) kombinieren: die sich nach dem Kochen ergebende Brühe ist ein gutes Entschlackungsgetränk.
Aus den rohen oder gekochten Wurzeln lassen sich bei Abszessen auch Umschläge herstellen.

Cichorium spinosum
stamnagathi

♦ ERNTE - KAUF - LAGERUNG

Die Zichorie hat ihr Verbreitungsgebiet im ganzen Mittelmeerraum. Man trifft sie auf den entlegensten brachen Feldern, in den Bergen, den Tälern und an den Küsten an. In Kreta gibt es auch in großer Zahl eine kleine, stachlige Art namens "stamnagathi" (Cichorium spinosum); sie gilt als eines der schmackhaftesten Kräuter.
Man kann die Zichorie je nach Standort das ganze Jahr über sammeln, obwohl ihre Blätter im Sommer hart und äußerst bitter sind. Die eigentliche Erntezeit ist aber vom frühen Herbst bis Ende April (Zeit der Niederschläge). Während der ersten Wintermonate pflückt man die grünen Blätter und die weiße Wurzel, im Frühling die zarten Sprosse, bevor sie zu blühen beginnen.
Alle Arten von Zichorie sind überall auf den Märkten, in den Gemüseläden und Supermärkten zu günstigen Preisen erhältlich.
Frisch werden sie, ohne zuvor gewaschen zu werden, in Plastiksäcken verpackt im Kühlschrank aufbewahrt. Will man Zichorie sammeln und trocknen, um daraus Tee herzustellen, so folgt man der klassischen Prozedur: früh am Morgen sammeln und im Schatten trocknen lassen.

♦ ANBAU

Die Wurzeln, zarten Blätter und Sprosse (die Spargeln ähnlich sehen) der Zichorie fehlen auf keiner griechischen Tafel: sie werden roh oder gekocht mit reichlich Olivenöl und Zitronensaft oder Essig serviert. Manchmal werden auch Arten mit nicht so bitterem Geschmack zusammen mit Fleisch gekocht.
In Kreta isst man gern rohen Zichoriensalat, wobei noch weitere mild und aromatisch schmeckende Kräuter hinzugefügt werden.
Die Wurzeln werden in getrockneter und gemahlener Form zur Herstellung des Kaffeeersatzes "café chicorée" verwendet.

BOHNENKRAUT
DAS APHRODISISCHE

Satureia hortensis
Satureia montana

Eng verwandt mit dem Thymian, Lavendel und Salbei (Familie Lippenblütler) verströmt diese kleine Pflanze mit den feinen violett – rosa Blüten und den holzigen Früchten in allen Gegenden Griechenlands und Kretas ihren wunderbaren Duft.

♦ MYTHOLOGIE - GESCHICHTE

Die Alten Griechen betrachteten das Bohnenkraut als ein starkes Aphrodisiakum und stellten daraus den sogenannten "thrymbetischen" Wein her (griechischer Name dieser Pflanze: "throumbi").
Die Römer verwendeten es als Gewürzkraut in ihren Gerichten sowie als Konservierungsmittel wegen seiner antioxydativen Eigenschaften. Sie legten z. B. Bohnenkraut zwischen Pfirsiche, damit sie nicht so schnell verdarben. Im Mittelalter rieben sich Männer und Frauen den Rücken mit einem Absud aus Bohnenkraut ein, um erotische Lust hervorzurufen oder sie zu steigern.
Auch die Inselgriechen bestreuten ihre Feigen und Rosinen mit dem Kraut, um sie länger haltbar zu machen.

♦ VOLKSTÜMLICHE HEILKUNDE - THERAPEUTISCHE EIGENSCHAFTEN

In der Vergangenheit nahm man nach großen Gelagen Bohnenkrauttee zu sich, um der Verdauung nachzuhelfen. Die kretischen Bauern kochten Bohnenkraut und wuschen damit die Fässer aus, um Bakterien und Pilze zu töten, bevor sie dann den neuen Wein einfüllten.
Die Pflanze fand auch bei Durchfall, Zahnabszessen, Wunden der Mundhöhle, bei Magenkatarrh und gegen Darmparasiten Anwendung.

♦ ERNTE - KAUF - LAGERUNG

Macht man im Frühling einen Spaziergang auf dem Land, so wird man eine große Zahl dieser Pflanzen entdecken. Man sammelt die blühenden Spitzen und trocknet sie an einem kühlen, schattigen Ort. Bevor man das getrocknete Gut in ein Glas verschließt, zerreibt man es zwischen den Handflächen.
Natürlich gibt es Bohnenkraut aber auch in Gewürzläden, Geschäften mit traditionellen Produkten sowie in großen Supermärkten zu kaufen.

♦ ANBAU

Man kann die Pflanze auf lockerem, nährreichem Boden aus Nebenschösslingen ziehen. Am besten erntet man erst, nachdem die Pflanze 1 – 2 Jahre alt ist.

♦ KULINARISCHE VERWENDUNG ♦

Das Bohnenkraut zeichnet sich durch einen außerordentlich pikanten Geschmack aus, weshalb es gut zu Wildbret und wildem Geflügel passt. Doch es verleiht auch auf Kohle gebratenen Schweinskoteletts einen leckeren Geschmack (die man zudem mit Oregano würzen sollte!). Schließlich eignet es sich auch vorzüglich zur Aromatisierung von Essig, der dann insbesondere zum Marinieren verwendet werden kann.

KAMILLE
DIE UNENTBEHRLICHE

Marticaria chamomila

Diese mikroskopisch kleine Margerite mit ihren weißen Blumenblättern hat so viele therapeutische Wirkkräfte, dass man von ihr immer ein Glas im häuslichen Kräuterschrank haben sollte.

♦ MYTHOLOGIE - GESCHICHTE

Galen bezeichnet sie als starkes Mittel gegen Fieber, und für Dioskourides ist sie ein Emmenagogum. Die Frauen überall in Griechenland, aber auch im ganzen Mittelmeerraum sammeln die Kamille schon seit Jahrhunderten jeden Frühling und bewahren sie dann in Täschchen aus Baumwolle auf.

♦ VOLKSTÜMLICHE HEILKUNDE - THERAPEUTISCHE EIGENSCHAFTEN

Der kretischen Volksmedizin zufolge genügen 29 Waschungen mit Kamille, damit eine kinderlose Frau schwanger wird. Außerdem benutzte man eine Mischung aus warmem Olivenöl und zerstoßener Kamille, wenn Kleinkinder Bauchweh hatten oder wenn sie beim Zahnen von Schmerzen geplagt wurden.

Weit verbreitet war im Mittelalter der Gebrauch von Kamille, Rosmarin und Salbei für entspannende Bäder. Die Kamille diente auch zusammen mit Zitronenkraut (Verbene), Linde und Pfefferminze zur Herstellung des sogenannten "Glückstees". Einen Kamillenauszug wendete man bei Augenleiden an.

Wissenschaftliche Untersuchungen haben in den letzten Jahren gezeigt, dass die Kamille ein ideales Heilmittel für verschiedenste gesundheitliche Probleme darstellt. Sie fördert den Heilprozess bei Wunden und Verbrennungen, stoppt die Eiterbildung, ist entzündungshemmend und hilft bei Ekzemen.

Kamillentee wirkt beruhigend und macht schläfrig, besonders in Kombination mit Linde. Die Kamille beruhigt Magen und Darm, weshalb sie bei Verdauungsbeschwerden und Blähungen Abhilfe schaffen kann. Kompressen aus Kamilleblüten sind bei Hexenschuss zu empfehlen. Die Inhalierung von Kamilledämpfen hat eine lindernde Wirkung auf die Bronchien und reinigt Haut mit Akneproblemen.

♦ ERNTE - KAUF - LAGERUNG

In warmen Regionen findet man im Frühling so viel Kamille wie man sich nur wünscht, wenn man einen Spaziergang auf dem Land unternimmt. Es empfiehlt sich darauf zu achten, dass man die Kamille nur an Orten sammelt, die nicht verschmutzt sind. Damit die Kamille ihr Aroma nicht verliert, sollte sie in gut verschlossenen Gläsern aufbewahrt werden.

Auf dem Markt findet man Kamillenblüten in verschiedensten Packungen zu kaufen, unter anderem auch in Beuteln wie es für Tee üblich ist.

♦ ANBAU

Die beiden medizinisch wichtigen Arten – die römische Kamille (chamomila nobile) und die Echte Kamille (chamomila recutita) – haben ähnliche heilkräftige Eigenschaften. In Griechenland trifft man die Art matricaria chamomila an.

Die Kamille lässt sich leicht aus Samen ziehen, die man auf leichten, lehmigen Böden aussät.

"DIKTAMUS - ERONTAS" EIN WUNDERTÄTIGES HEILKRAUT DER KRETISCHEN ERDE

Origanum dictammus

Diese kleine, flaumige Pflanze mit den runden Blättern und den zarten, kleinen Blüten, die man hoch oben in den entlegendsten Gegenden des Psiloritis (Ida), des Dikti und der Weißen Berge antrifft, galt schon in minoischer Zeit als eines der wichtigsten Heilkräuter, und die Exporte des Diktamus brachten der Insel großen Gewinn.

♦ MYTHOLOGIE - GESCHICHTE

In der Antike hieß der kretische Diktamus auch "artemidio", war also nach der Göttin Artemis benannt, die mit ihren giftigen Pfeilen Verletzungen zufügte. Ausnahmslos alle Schriftsteller jener Zeit sprechen in lobenden Worten von der Kraft dieser Pflanze, Wunden zu heilen und Pfeile aus dem Körper von Menschen und Tieren zu entfernen.

Dioskourides benutzt die Pflanze, um Kriegsverletzungen zu heilen und erwähnt oft eine Art von Wein, der mit Diktamus aromatisiert wurde. Aristoteles berichtet, dass die Wildziegen, die in Kreta leben, den Diktamus kauen, wenn sie verletzt sind.

Bei Vergil heilt die Göttin Aphrodite Äneas mit Diktamus, den sie selbst in den Bergen Kretas gesammelt hatte.

Hippokrates schreibt in seinen Büchern über "Hebammenkunst und Gynäkologie", er habe zerstoßenen Diktamus in heißes Wasser gegeben, um schwangeren Frauen beim Gebären zu helfen.

Die byzantinischen Ärzte ließen aus Kreta Diktamus kommen, um daraus Salben und Umschläge herzustellen.

♦ VOLKSTÜMLICHE HEILKUNDE - THERAPEUTISCHE EIGENSCHAFTEN

Die Hebammen benutzten früher den Diktamus für Umschläge, Tees sowie warme Bäder, um die Geburt zu beschleunigen. Die Pflanze galt auch als hervorragendes Emmenagogum (die Menstruation herbeiführendes Mittel), als Beruhigungsmittel und sogar als Aphrodisiakum, woher auch sein Name "erontas" stammt. Der aus der Pflanze zubereitete Tee ist dem Magen bekömmlich und wärmt bei Erkältungen. Zerquetscht wurde der Diktamus als Umschlag bei Abszessen, Pickeln, blauen Flecken und Krampfadern angewandt.

♦ ERNTE - KAUF - LAGERUNG

Das Sammeln des Diktamus – sofern es sich um wilden und nicht kultivierten handelt - war und ist außerordentlich schwierig, da er hoch oben in den Bergen Kretas, in Höhen von bis zu 1900m, wächst. Botaniker haben die Pflanze in nicht zu zahlreichen Exemplaren auch auf Kassos und Kythira entdeckt. Es empfiehlt sich, nicht nur den wilden, sondern auch den kultivierten Diktamus noch vor seiner Blütezeit Mitte Juli einzusammeln, solange alle seine aromatischen Substanzen in den Blättern konzentriert sind.
In ganz Griechenland, aber insbesondere auf Kreta findet man auf dem Markt getrockneten Diktamus von guter Qualität. Man kauft ihn vorzugsweise in verpackter Form, denn er verliert schnell sein Aroma. Die getrocknete Pflanze sollte in gut verschlossenen Gläsern und an einem schattigen Ort aufbewahrt werden. Will man selbst den Diktamus trocknen, so sollte man das nie an der Sonne tun.

♦ ANBAU

Der Diktamus lässt sich relativ leicht kultivieren, wenn man kleine Pflanzen kauft, die in den meisten Gärtnereien Kretas zu haben sind. Er braucht viel Sonne und mäßig Wasser. Die kultivierte Form hat aber ein weniger ausgeprägtes Aroma als die wilde.

♦ KULINARISCHE VERWENDUNG ♦

In der Küche wird er nicht verwendet. Aber in Kombination mit Majoran und getrockneten Malvenblüten ergibt er einen schmackhaften und wärmenden Tee.

DIE KAPER
DER APPETITANREGER

Capparis spinosa

Es handelt sich um einen kleinen, stachligen Strauch, den man in fast allen Mittelmeerländern hauptsächlich in der Nähe von felsigen Küsten und brachen Äckern antrifft.

♦ MYTHOLOGIE - GESCHICHTE

Aus den zahlreichen Stellen, an denen die altgriechischen und römischen Schriftsteller die Kaper erwähnen, geht hervor, dass sie die Kapern mehr als Gewürz denn als Salatkraut betrachteten.

Die Byzantiner servierten sie auf Brot zusammen mit Öl, Essig und Honig. In anderen Fällen wird die Kaper, die auch "euorekto" (appetitanregendes) Kraut genannt wird, als Gewürz in Soßen verwendet, die Fleisch und Fisch begleiten.

♦ VOLKSTÜMLICHE HEILKUNDE - THERAPEUTISCHE EIGENSCHAFTEN

Dioskourides empfahl einen Umschlag mit den Blättern der Pflanze gegen Hautschwellungen. Im Mittelalter betrachtete man ihren Absud als aphrodisisch, harntreibend und leicht tonisch. Heute wissen wir, dass das Caparin, eine Substanz, die in ihren Knospen enthalten ist, die Magensäfte anregt und den Appetit erhöht.

♦ ERNTE - KAUF - LAGERUNG

Die Knospen des Kapernstrauchs können von Mai bis Juli geerntet werden. Diese haben in etwa die Größe einer kleinen Bohne. Etwas früher kann man die frischen Triebe sammeln und später, gegen August, die Früchte, die um einiges größer sind als die Knospen.

Besonders dort, wo man frische Kapern auf dem Markt kaufen kann - an Orten, die eine große Produktion davon aufweisen, wie die Kykladen, der Dodekanes, Südspanien, Sizilien, Neapel und Malta - besteht die Möglichkeit, in eigener Regie sie als "toursi" (Essiggemüse) einzumachen oder sie in Salzwasser einzulegen.

In Essig oder Salzlake eingemachte Kapern guter Qualität sind aber auch in allen großen Supermärkten erhältlich. Nach dem Öffnen der Gläser tut man gut daran, sie im Kühlschrank aufzubewahren. In Essig eingelegte Kapern sind 2 - 3 Jahre haltbar. Da die Kapern auf dem Markt leicht erhältlich sind, lohnt es sich nicht, sie selbst anzubauen. Davon abgesehen braucht es eine ziemlich große Zahl an Pflanzen, um ein ganzes Glas Kapern ernten zu können.

♦ KULINARISCHE VERWENDUNG ♦

Die pikante Kaper wird verwendet, um unzähligen Gerichten - überall im Mittelmeergebiet, besonders in Italien und Spanien - eine besondere Geschmacksnote zu verleihen. In Griechenland werden damit besonders Salate mit Tomaten und Hülsenfrüchten ("schwarzäugige" weiße Bohnen) zubereitet, oder sie wird mit "fava" (Gelberbsenbrei) oder einer leichten Tomatensoße, der man ein paar Rosinen zugefügt hat (Rezept byzantinischen Ursprungs!), gekocht.

In Italien ist sie hauptsächlich eine Zutat für Spaghetti zusammen mit Anschovis, sonnengetrockneten Tomaten und Knoblauch, wird aber auch für Fischsoßen oder für Fleischgerichte wie Kaninchen und Huhn verwendet. In Neapel stellt man eine Mischung aus geriebenem Parmesan, Brot, gekochten Eiern und reichlich Kapern her und füllt damit vor allem Auberginen, die man im Ofen gart. In Syrien isst man die Kaper zusammen mit grobem Salz und Weizenbrot. In Frankreich wird gekochte Kalbszunge mit weißer Kapernsoße serviert.

Die Kaper passt auch sehr gut zu verschiedenen Broten, die mit Oregano und Majoran gewürzt sind.

DIE FEIGE

EINE SÜSSE FRUCHT MIT LANGER GESCHICHTE

An einer Stelle des II. Buches des Athenaios lesen wir über Athen: "Was für herrliche Dinge dieses Land nicht produziert, Hipponike! Produkte, die in der ganzen Ökumene nicht ihrergleichen haben: Honig, Brot, Feigen! Feigen, ja davon produziert dieses Land viele...".

♦ MYTHOLOGIE - GESCHICHTE

Trotzdem betrachtet der Feinschmecker Archestratos die getrockneten Feigen als minderwertige, nur für die Armen geeignete Speise: "Hör aber nicht auf jene, sondern iss diejenigen Speisen, die ich dir rate. Jene aber sind natürlich nichts anderes als der Beweis schlechter Armut, wie zum Beispiel die gekochten Kichererbsen, die Saubohnen wie auch die Äpfel und getrockneten Feigen."
Die getrockneten Feigen bildeten übrigens auch einen Bestandteil der für ihre Frugalität bekannten pythagoräischen Mähler. Die getrockneten Feigen bezeichnete man als "basilides ischades". Auch die Byzantiner benutzten das Wort "ischades" und meinten damit die getrockneten Feigen, die sie im Winter in Tonkrügen aufbewahrten, so wie es noch bis vor kurzem in allen Mittelmeerländern gebräuchlich war. Die Römer entdeckten auch noch eine andere Methode, die Feigen haltbar zu machen. Apikios beschreibt sie folgendermaßen: "Wähle sorgfältig die schönsten aus, ohne den Stiel zu entfernen, und lege sie in Honig ein, und zwar so, dass sie einander nicht berühren."

♦ VOLKSTÜMLICHE HEILKUNDE - THERAPEUTISCHE EIGENSCHAFTEN

Die heilkräftige Wirkung der Feigen ist seit Hippokrates bekannt. Diese äußerst nahrhaften Früchte verschaffen Linderung bei Husten, Asthma und Rachenentzündung. Sie sind auch harntreibend und ein ausgezeichnetes Abführmittel. Wer aber auf seine Linie schauen will, der sollte mit dem Verzehr von Feigen Maß halten, da sie reich an Zucker sind: während 100 g frische Feigen ungefähr 80 Kalorien haben, besitzt eine einzige getrocknete Feige einen Nährwert von 274 Kalorien.

♦ ERNTE - KAUF - LAGERUNG

Die Erntezeit der Feigen erstreckt sich, je nach Art, von April bis November. Die Feigen, die zu Frühlingsbeginn und im Spätherbst geerntet werden, sind normalerweise "weiß", d. h. sie haben eine hellgrüne Haut und ihr Inneres ist leuchtend rot. Dagegen haben diejenigen Feigen, die im Hochsommer geerntet werden, eine dunkelviolette Haut, und zeigen im Innern eine honigbraune Farbe; sie sind auch süßer. Man sollte immer reife Feigen kaufen, denn einmal gepflückt reifen sie nur sehr schwer. Die frischen Feigen werden am besten in einem offenen Behälter im Gemüsefach des Kühlschranks aufbewahrt; so sind sie 10 – 12 Tage haltbar. Wenn sie überreif sind und außerhalb des Kühlschranks bleiben, werden sie sauer.

♦ ANBAU

Zwar soll es gemäß der Mythologie Attika gewesen sein, das der Welt nicht nur den Olivenbaum, sondern auch den Feigenbaum geschenkt hat - der Baum gedeiht jedenfalls rund um das Mittelmeer. Er wird in Algerien, Tunesien, in der Türkei, in Libyen, Spanien und Süditalien kultiviert. Überall wo das Klima mild ist, lässt er sich leicht durch Nebenschösslinge vermehren und in Kultur nehmen.
Zu den für ihren vortrefflichen Geschmack berühmtesten Feigen gehörten die smyrnäischen, die in der Gegend von Aidini angebaut wurden. Die allerbesten dieser Früchte stammten aus Inovasi.

♦ KULINARISCHE VERWENDUNG ♦

Allbekannt sind die in Sirup eingelegten Feigen. Doch stellt man aus der Feige auch ein wohlschmeckendes Getränk her, das besonders während des Fastenmonats Ramadan im Nahen Osten getrunken wird. In Kuweit bereitet man dieses Getränk so zu, dass man getrocknete Feigen in sehr kleine Stücke zerschneidet und sie zusammen mit Mandeln, Walnüssen und geriebenem Zimt kocht. Das Getränk wird immer kalt serviert, und man nimmt es mit einem Löffel zu sich.
In der Türkei serviert man Feigen, die mit Vanille und Cognac guter Qualität aromatisiert werden, zusammen mit Joghurt.
In Italien werden die Feigen dadurch haltbar gemacht, dass man sie, mit Nüssen aller Art gefüllt, in Brandy einlegt.
In Griechenland stellt man aus getrockneten Feigen, Nüssen, Most und verschiedenen aromatischen Kräutern die berühmten Feigenkuchen her. Aus Feigen werden auch herrliche Marmeladen zubereitet, die dann im Kühlschrank aufbewahrt werden sollten, weil sie sehr leicht gären. Diese Marmeladen eignen sich gut, um im Winter herrliche Tarten herzustellen. Die weißen Feigenarten passen, wenn sie nicht zu reif sind, fantastisch zu Parmaschinken und einem kühlen Glas Roséwein. Der milchartige Saft der Feige wird zur Milchgerinnung verwendet.
Von 1955 – 1960 wurden die "groben" (von minderer Qualität) Feigen von Smyrna nach Deutschland exportiert, wo man sie mit einem speziellen Verfahren zu Feigenkaffee verarbeitete.

GRANATAPFEL
DIE MEDITERRANE FRUCHT DER GÖTTER

Punica granatum

Der Granatapfel ist das Symbol der Fruchtbarkeit und des Wohlstandes.
Seine kleinen, durchsichtigen, glänzenden Kerne, Symbol des Lebens und der Hoffnung, sind dann reif, wenn gemäß dem Kalender des Altertums das Jahr begann: im Herbst.

♦ MYTHOLOGIE - GESCHICHTE

Der Granatapfel ist die magische Frucht, die nach der griechischen Mythologie in engem Zusammenhang mit den drei Göttinnen Demeter, Aphrodite und Hera stand.
Der ersten brachte der Granatapfel Unglück und Trauer, denn ihre Tochter, Persephone, aß von den Granatäpfeln der Verstorbenen. Trotzdem aßen die Athenerinnen während den der Demeter geweihten Festlichkeiten, den "thesmophoria", Granatapfelkerne, um fruchtbar und von Wohlstand gesegnet zu sein.
Aphrodite verband ihren Namen mit dem Ursprung des Granatapfels selbst, denn nach dem Mythos soll jene zum ersten Mal den Baum in Zypern gesetzt haben.
In besonderem Maße jedoch verbindet der Mythos die Göttermutter Hera mit dem Granatapfel, denn sie war die Schutzgöttin der Ehe und der Geburt. Pausanias sprach mit großer Bewunderung von der heute verschollenen Herastatue aus Gold und Elfenbein in Argos, die in ihrer rechten Hand einen Granatapfel hielt.
Im Iran, wo der Granatapfelbaum autochton ist, glaubt man, er sei ein von Gott gesandtes Geschenk. Der Prophet Mohammed äußert sich an einer Stelle des Korans folgendermaßen: "Iss Granatapfel, denn er reinigt den Organismus von Neid und Hass." Der Name "roa" oder "roia", den man an vielen Orten Griechenlands für diesen Baum antrifft, stammt vom Arabischen "rumman", während sich in Böotien und Kreta noch bis ins 19. Jahrhundert die pelasgische Bezeichnung "sidi" oder "sida" erhalten hatte.
Auch andere priesen die dunkelroten Früchte des Granatapfelbaumes, so zum Beispiel Homer, Theophrast, Dioskourides und Plinius, welcher anmerkt, dass es zu seiner Zeit die besten Früchte in Karthago zu essen gab.

♦ VOLKSTÜMLICHE HEILKUNDE - THERAPEUTISCHE EIGENSCHAFTEN

Hippokrates empfiehlt den Granatapfelsaft als aphrodisisches Getränk. Er meint außerdem, er sei auch dem Magen bekömmlich. Dioskourides und Plinius empfehlen den Absud aus der Wurzel und Schale des Granatapfels zur Bekämpfung von Darmparasiten.
Bis heute benutzt die Volksmedizin den Granatapfel bei Durchfall, Ruhr, Amöben und Infektionen der Scheide. Mit Olivenöl vermischter Granatapfelsaft wird angewandt, um Hautflecken zum Verschwinden zu bringen.
Der Granatapfel findet auch in der modernen Kosmetik Anwendung: aus ihm werden kosmetische Produkte gegen Falten hergestellt.
Granatapfelabsud kann bei Halsweh zum Gurgeln verwendet werden.

♦ ERNTE - KAUF - LAGERUNG

Die Granatäpfel gelten als besser, wenn man sie bis zu den ersten Herbstregen hat reifen lassen.
Sie sind viele Tage außerhalb des Kühlschranks haltbar und einige Monate im unteren Teil des Kühlschranks. Selbst wenn ihre Schale austrocknet und schrumpft, bleiben sie innen saftig und können gegessen werden. Wenn man die Granatäpfel an einem dunklen Ort an ihrem Zweigchen aufhängt, halten sie sich auch so einige Monate.
Auf dem Markt kann man drei verschiedene Arten kaufen: die süßen, die halbsüßen und die sehr sauren Granatäpfel.

♦ ANBAU

Der Granatapfelbaum gedeiht gut an sonnigen, warmen Orten, weshalb auch der ganze weitere Mittelmeerraum sein angestammtes Gebiet ist. Er lässt sich durch Nebenschösslinge leicht vermehren und entwickelt sich relativ problemlos. Er blüht von Mai bis Juli und trägt im vierten Jahr Früchte.

♦ KULINARISCHE VERWENDUNG ♦

Der süßsaure Saft des Granatapfels verleiht gewissen Speisen eine ganz besondere Note. Er heißt "ruman" im Mittleren Osten, "nar" in der Türkei und "nastrab" in Georgien, wo man ihn als Zutat einem herrlichen Fischgericht mit Auberginen beigibt. Der Granatapfelsaft findet vielerlei Verwendung: Er wird mit Walnüssen vermischt, um Geflügel einen markanten Geschmack zu verleihen. Er passt aber ebenso gut zum zarten Lamm- oder Schweinefleisch. Im Libanon macht man mit dem Saft des Granatapfels hervorragende Okras "jachni" (mit in Öl gedünsteten Zwiebeln und Tomatensoße), und auch die persische Küche hat ihr eigenes Gericht: Hühnerschenkel mit Walnüssen, Granatapfelsaft, Safran, frischer Butter und wohlduftenden Rosenblüten. In Kreta sind Rezepte für Salate überliefert, die mit bitteren Kräutern (Zichorie, Endivie) und frischen Granatapfelkernen zubereitet werden.
Industriell abgepackten Granatapfelsaft kann man im Libanon, in der Türkei und im Iran kaufen.

QUITTE

DIE DUFTENDE FRUCHT DES HERBSTES

Cydonia vulgaris

Immer im Oktober erscheinen auf dem Markt die gelben, flaumigen Früchte mit ihrem betörenden, moschusartigen Duft. Die Quitte, Frucht des Herbstes par excellence, mit ihrem herben, säuerlichen, ein wenig harten Fruchtfleisch hat schon seit Jahrhunderten die Länder des Mittelmeers erobert und nimmt eine besondere Stellung ein, vor allem in der häuslichen Backtradition.

♦ MYTHOLOGIE - GESCHICHTE

Archäologen stießen in Persien auf 4000 Jahre alte Spuren von ganzen Quittenkulturen. Viele Jahrhunderte später stoßen wir erneut auf die Quitte: dieses Mal als Symbol der Fruchtbarkeit, von Gaia der Hera anlässlich ihrer Vermählung mit Zeus als Geschenk überreicht.
Im Griechenland der klassischen Zeit waren die Quittenkulturen weitverbreitet, und es gab mindestens 10 verschiedene Quittenarten. Die berühmtesten von ihnen waren diejenigen von Kreta und Korinth. Die Römer machten die Quitten in einer Mischung aus dickflüssigem Honig und "petimezi" ein.
Im Mittelalter betrachtete man die Quitte in Frankreich, Portugal und Spanien als besten "Rohstoff" für die Herstellung von Süßigkeiten.

♦ VOLKSTÜMLICHE HEILKUNDE - THERAPEUTISCHE EIGENSCHAFTEN

Dioskourides meinte, die Quitten stimulierten den Appetit und beruhigten einen überreizten Magen. Im 4. Jahrhundert empfahl der römische Arzt Palladios allen, die unter mangelndem Appetit litten, eine Medizin, zu deren Herstellung man Quittensaft mit Honig, Essig und Gewürzen vermengte. Viele Mönche auf dem Berg Athos verwenden Quitten gegen Husten und Angina.
Aus den Samen der Quitte bereiteten die Heilpraktiker in Griechenland Hustensirup, und in Olivenöl gebraten dienten sie als Mittel gegen Haarausfall.

♦ ERNTE - KAUF - LAGERUNG

Die Quitten werden zwischen September und Dezember reif. Falls man nicht die Möglichkeit hat, eigene Quitten zu ernten, findet man sie auch leicht im Supermarkt. Im Kühlschrank sind sie mehr als 20 Tage haltbar, aber auch außerhalb halten sie sich mindestens 10 Tage lang.

♦ ANBAU

Die Quitte kann relativ leicht aus Ablegern gezogen werden. Sie liebt feuchte und fette Böden. Die Blütezeit dauert von April bis Juni. Schon nach dem dritten Jahr können die ersten Früchte geerntet werden.

♦ KULINARISCHE VERWENDUNG ♦

Schon immer hat die so unauffällig aussehende Frucht Interesse erregt, weshalb man auch immer wieder auf neue Rezeptvarianten stieß, um sie in jenen durchsichtigen rubinfarbigen Gelee oder auch in jene einfache, aber so beliebte Süßigkeit zu verwandeln, die man in Griechenland "glyko tou koutaliou" ("Süßigkeit des Löffels") nennt.
Die Völker des Nahen Ostens wiederum erfanden eine Reihe von sehr interessanten Rezepten. Dabei wird die goldgelbe Frucht mit Honig, süßem Wein, duftendem Zimt und Gewürznelken langsam im Ofen gebacken.
Auch als Zutat bei Topfgerichten führt die Verwendung dieser Frucht zu ausgezeichneten Ergebnissen. Es ist erstaunlich, wie vortrefflich das säuerliche Fruchtfleisch der gekochten Quitte sowohl mit Schweinefleisch, Lamm, Kalb und sogar mit Ente harmoniert.

LAUCH
VERWANDTER DER ZWIEBEL UND DES KNOBLAUCHS

Allium porrum

Die zahllosen Ratschläge mit dem Ziel, zu Zurückhaltung im Verzehr von Lauch zu mahnen, so wie die nachfolgende charakteristische Passage aus einer Schrift des 15. Jahrhunderts es tut, konnten nichts dagegen tun, dass der Lauch zunehmend gesammelt, kultiviert und in der Küche der Mittelmeerländer verwendet wurde: "Es handelt sich um das am wenigsten nutzbringende Kraut und sollte in keinem Fall von schwächlichen Menschen gegessen werden, sondern nur von jenen, die hart arbeiten und von robuster Natur sind…".

♦ MYTHOLOGIE - GESCHICHTE

Wie alt ist nun aber die "berüchtigte" gastronomische Geschichte des Lauchs? Die Römer des ersten nachchristlichen Jahrhunderts waren der Überzeugung, dass der beste Lauch in Ägypten wachse. Auch in altgriechischen gastronomischen Texten stoßen wir oft auf Bemerkungen, die dieses schmackhafte Gemüse betreffen: normalerweise begegnet man ihm unter der Bezeichnung "krommyon to praso". Man baute ihn hauptsächlich seines pikanten Geschmackes wegen an. Wohlbekannt war eine Soße namens "myttotos", die mit Weichkäse, geriebenem Knoblauch, Olivenöl, Lauch und Honig zubereitet wurde. Während mehrerer Jahrhunderte stand der Lauch bei den Kirchensängern in besonders hoher Gunst, weil sie glaubten, dass er gewisse Substanzen enthalte, die der Stimme einen stärkeren und wohltönenderen Klang verliehen.

♦ VOLKSTÜMLICHE HEILKUNDE - THERAPEUTISCHE EIGENSCHAFTEN

Wer Lauch isst, kommt in den Genuss zahlreicher dem Organismus bekömmlicher Eigenschaften dieses Gemüses: es ist reich an Mineralstoffen (z. B. Eisen) und Vitaminen, wirkt antiseptisch und entblähend und ist ein hervorragendes Tonikum. Außerdem enthält der Lauch wichtige Öle, die zum richtigen Funktionieren des Darmes beitragen und folglich auch den Appetit anregen.
Früher verwendete man in Griechenland besonders den wild wachsenden Lauch als Antidot bei Lebensmittelvergiftungen.

♦ ERNTE - KAUF - LAGERUNG

Während man wilden Lauch erst nach dem Dezember und bis zum April auf steinigen, unbebauten Äckern, aber auch in Weinbergen finden kann, gibt es die kultivierte Form schon in den ersten Herbstmonaten in den Läden zu kaufen. Man sollte dabei darauf achten, dass der Lauch einen festen weißen Teil und eine frische grüne Farbe hat.
Man verwahrt den Lauch in einer gut verschlossenen Tüte im unteren Teil des Kühlschrankes, entweder ganz oder geputzt und in Stücke geschnitten, aber ohne ihn zu waschen. So ist er 2 – 3 Tage haltbar. Es besteht auch die Möglichkeit, den Lauch zuerst zu putzen und dann in Salzwasser leicht zu kochen: man kann ihn dann in der Tiefkühltruhe 6 – 7 Monate aufbewahren.

♦ ANBAU

Der Lauch lässt sich relativ leicht anbauen, indem man ihn entweder aussät (die Saat geschieht im August) oder Setzlinge in fruchtbaren, feuchten Boden pflanzt.

♦ KULINARISCHE VERWENDUNG ♦

Dass der Lauch in die Küchen überall auf der Welt Eingang gefunden hat, hängt nicht zuletzt damit zusammen, dass er sich wunderbar mit allerhand Speisen wie Fleisch, Fisch, Hülsenfrüchten und Gemüse kombinieren lässt.
Besonders in Nordgriechenland betrachtet man ihn als ideale Zutat für Teigtaschen ("pites"), die mit einer Mischung aus Käse, Eiern, Lauch und anderen aromatischen Kräutern gefüllt werden. Außer den klassischen Gerichten wie Kabeljau mit Lauch oder Kalbsfleisch mit Lauch und Sellerie wären noch weitere ziemlich originelle und ebenso leckere Lauchspeisen zu nennen: Schweinefleisch mit Lauch und Pflaumen, warmer Lauchsalat mit Thymian, Lauch–Kartoffelsuppe und Lauchtorte. Der wilde Lauch hat übrigens einen milderen Geschmack als der kultivierte.

ROSE

EINE BLÜTE FÜR DIE KÜCHE

Rosa canina
Rosa gallica officinalis
Rosa rubigi - nosa
Rosa damascena

In der Antike wurde die Rose schon von Homer, Sappho und Anakreon besungen. Auch in kulinarischer Hinsicht gilt sie zurecht als die Königin, denn sie ist eine exzellente Zutat für die Herstellung von Süßwaren.

♦ MYTHOLOGIE - GESCHICHTE

Im antiken Griechenland war die Rose die Blume des Arpokratus, des Gottes des Schweigens, und ein Symbol der Verschwiegenheit. Gastgeber von Symposien pflegten eine Rosengirlande im Saal aufzuhängen, wo sich nach dem Mahl die Teilnehmer zu vertraulichen Gesprächen über verschiedenste Tagesthemen zusammenfanden. Der Mythologie zufolge soll die Rose einem Tropfen Nektar entsprossen sein, der versehentlich vom kleinen Pothos, dem Gott der Begierde, vergossen wurde, als er während eines Festmahls der olympischen Götter tanzte. In einem Gedicht von Ovid heißt es, die Rose sei aus dem Blut von Adonis entstanden.

Aufgrund von Tontafeln, die im Palast von Knossos gefunden wurden, wissen wir, dass schon in minoischer Zeit ätherisches Öl aus Rosen gewonnen wurde. Die Römer waren die ersten, die Rosen in geschlossenen Gärten kultivierten und die duftenden Rosenblüten kulinarisch nutzten. Die Alten Griechen verwendeten Rosen zu kosmetischen Zwecken. Der Römer Apikius erwähnt ein Rezept mit dem Titel „Eine Pfannevoll Rosenblüten". Das Wissen um die kulinarische Nutzung von Rosen ging in der Folge an die Byzantiner über, die Fleisch und Süßwaren mit Rosenwasser besprengten.

♦ VOLKSTÜMLICHE HEILKUNDE - THERAPEUTISCHE EIGENSCHAFTEN

Die Früchte der Rose sind reich an Vitamin C. Sie werden im Nahen Osten und in China zur Herstellung von Tee verwendet. Wegen ihrer antibakteriellen Eigenschaft benutzte man früher einen Brei aus Rosenblüten für die Behandlung von Wunden. Das Öl in den Blütenblättern gilt als Aphrodisiakum und wird für Massage und Aromatherapie benutzt. Es enthält mehr als 300 verschiedene chemische Substanzen. Die indische

Volksmedizin betrachtet das Rosenöl und den Rosentee als starke Tonika.

♦ ERNTE - KAUF - LAGERUNG

Der Mai ist – zumindest in Griechenland – der beste Monat, um die Rosen zu ernten und daraus Eingemachtes, Rosenwasser und Marmelade herzustellen oder die Blütenblätter mit Essig zu mischen. Wählen Sie die halbwilden Rosensorten mit rosaroten Blütenblättern. Man sollte sie in den Morgenstunden sammeln, wenn sie noch frisch sind. Bevor man sie verwendet, sollte der weißliche schmale Ansatz der Blütenblätter entfernt werden. Bis man eine genug große Quantität an Rosenblüten zusammen hat, kann man das gesammelte Gut vorläufig in einer Plastiktüte im unteren Fach des Kühlschrankes aufbewahren und es nach und nach in den folgenden Tagen ergänzen. Auf diese Weise erhält sich der Duft der Blätter.

♦ ANBAU

Wenn man in der Antike von Rosen sprach, so meinte man damit immer die wilde Art, die stark duftende Rosa carina. Gegenwärtig verzeichnet man weltweit mehr als 2000 Rosensorten. Rosen lassen sich leicht in lockeren, nährstoffreichen Böden kultivieren.

♦ KULINARISCHE VERWENDUNG ♦

Die bei weitem wichtigste Quelle für ätherisches Rosenöl ist die aus Zentralasien stammende Art Rosa damascena (Damaszenerrose). Aus ihr stellt man auch ausgezeichnetes Rosenwasser her, das für die Herstellung von süßen Getränken (Scherbetts), Speiseeis usw. verwendet wird. Die dunkelroten Blütenblätter dieser Art werden sogar roh gegessen oder leicht gekocht in Reis.
Die grünen Blätter und die Blüten dieser Art dienen als Würze für Fleischgerichte. In Griechenland wird aus den Blütenblätter der im Mai blühenden Rose eine eingemachte Süßspeise namens _rodosachari" hergestellt, mit der man die Besucher der Klöster auf dem Peloponnes, Dodekanes, in den Kykladen und auf Kreta bewirtet. Blütenblätter von Rosen wurden auch benutzt, um Essig zu aromatisieren und den _rodoxino" herzustellen, mit dem man noch heute Salat und Kartoffeln anmacht.

TRAUBE
DIE FRUCHT, DIE DIONYSOS DEN MENSCHEN SCHENKTE

Die Traube stellt für die Bewohner des Mittelmeerraumes seit Jahrhunderten eine der wichtigsten Früchte dar, denn der Weinstock schenkt nicht nur die Tafeltrauben, sondern auch den Traubensaft, die Blätter, die Triebe und natürlich die getrockneten Weinbeeren (Rosinen).

♦ MYTHOLOGIE - GESCHICHTE

Die Geschichte der Heimischwerdung der Weintraube im Gebiet des Mittelmeers verliert sich im Dunkel der Zeiten, wobei sich Wirklichkeit und Mythos schwer entwirren lassen. Wenn man der Mythologie folgt, waren die ersten Weinstöcke ein Geschenk des Gottes Dionysos an den Sohn eines Satyrs und einer Nymphe, der den Namen Ambelos ("ambeli": griechische Bezeichnung für den Rebberg) trug. Einer anderen Version zufolge schenkte Dionysos den ersten Rebsetzling dem Oineas, König von Kalydonia.
Sowohl für die Alten Griechen als auch die Römer stellte der Rebbau und die Weinherstellung eine sehr bedeutende Aktivität dar. Plinius meint, der Wein sei "ein höchstes, von den Göttern geschicktes Gut, da er immer diejenigen nährt, die ihn mit Maß zu sich nehmen. Er gibt dem Körper, aber auch der Seele Kraft und ist von höchstem Nutzen in der Heilkunde."
Homer erwähnt in seinen Werken oft die Weine, welche die Sterblichen und Helden bei ihren Mahlzeiten genossen. Sie wurden stets zu zwei Dritteln mit Wasser verdünnt.
Die besten Weine sollen Athenaios zufolge in Samos, Thasos, Chios und Kreta hergestellt worden sein. Die Alten Griechen kannten sich aber nicht nur in seiner Herstellung aus, sondern verstanden es auch, auf die richtige Art und Weise von ihm Gebrauch zu machen. Die ganze antike Welt wusste auch sehr gut über die Verwendung der übrigen Produkte der Weinrebe in

der Koch- und Backkunst Bescheid.
Athenaios führt in einer langen Liste von Gewürzen außer Koriander, Weinblättern, Thymian und Salbei auch den dickflüssigen "petimezi" (Traubensaftkonzentrat) an. Auch Attikios erwähnt ein Rezept, wo "afrikanische Mostkringel mit dem Messer gerieben und in Milch und Honig getaucht werden".

♦ VOLKSTÜMLICHE HEILKUNDE - THERAPEUTISCHE EIGENSCHAFTEN

Die Traube gehört zu den dem menschlichen Organismus bekömmlichsten Früchten. Aus römischer Zeit sind Berichte überliefert, wo zeitgenössische Ärzte ihren Patienten eine Traubenkur verschrieben, um den Organismus von Schadstoffen zu reinigen.
Der mit verschiedenen Heilkräutern wie Salbei, Thymian, Mastix und Wacholder aromatisierte Wein fand ausgiebige Verwendung beim Auswaschen von Wunden, aber auch als stärkendes Getränk bei verschiedensten Gelegenheiten.
Die Traube zeichnet sich durch eine ganz besondere Zusammensetzung aus, die mit derjenigen der Muttermilch vergleichbar ist. Diese besteht aus 87% Wasser, 0,1 - 1,5% stickstoffhaltigen Verbindungen, 0,4% Mineralstoffen sowie 11% Zucker, während die Traube sich aus 75 - 83% Wasser, 1,7% stickstoffhaltigen Verbindungen, 1,3% Mineralstoffen und 12 - 30% Zucker zusammensetzt. Der "petimezi" wurde in der Vergangenheit von der volkstümlichen Medizin ausgiebig bei Keuchhusten, Husten und Erschöpfungszuständen angewendet. Zusammen mit dem Olivenöl stellt er ein hervorragende Nahrung dar.

♦ ERNTE - KAUF - LAGERUNG

Je nach Region, Sorte und Anbauweise werden die Trauben von Mai bis November geerntet. Auf dem Markt findet man in dieser Zeit außer den frischen Trauben auch die anderen Produkte: Rosinen und den "petimezi", der , in Fläschchen abgefüllt, außerhalb des Kühlschranks mindestens 2 - 3 Jahre haltbar ist.
Am besten bewahrt man die Trauben in einer Papiertüte im unteren Teil des Kühlschranks (1 - 2 Wochen lang) auf. Frische Trauben kann man auch sehr gut haltbar machen, indem man sie in Brandy oder Wodka einlegt. Der Traubenmost lässt sich tiefgekühlt bis zu einem Jahr aufbewahren.

♦ KULINARISCHE VERWENDUNG ♦

Heute wird in Westgriechenland, in Preveza, Zakynthos, Lefkada (aber auch in Tinos) das wohlbekannte Gericht "Fisch savoro" mit einer Soße aus "petimezi", Essig und Rosinen zubereitet, während in der Türkei der "petimezi" Zutat für ein aus Lamm, Reis und Kichererbsen bestehendes Gericht namens "uzleme" abgibt.
Die kleinasiatische Küche verwendete häufig den gekochten Most, um Süßigkeiten wie Quitten und Sahne damit zu garnieren.
Aber auch die Traube als solche nimmt unter den Früchten des Sommers den ersten Platz ein. Trauben zusammen mit einem Stück Käse oder Brot waren das Lieblingsfrühstück von Jung und Alt in vielen Mittelmeerländern.
Ein unbekanntes, sehr einfaches, aber ausgezeichnetes Gericht der kretischen Küche, das zu Fastenzeiten zubereitet wird, ist Reis, der mit frischen Tomaten gekocht und mit viel frischen Traubenbeeren serviert wird. Frische, enthäutete Trauben (Sultanine) begleiten auch die bekannte spanischen Suppe " ozo blanco". Frische Traubenbeeren passen ebenfalls gut zu verschiedenen grünen Kräuter- und Gemüsesalaten.
Rosinen werden hauptsächlich für verschiedene Süßigkeiten und Brotarten verwendet, so z. B. für das Rosinenbrot und den Rosinenkuchen. Sie bilden aber auch eine Zutat für verschiedene Gerichte oder sind Bestandteil für die Füllung von Truthahn, Fasan oder Ente.

LAUCH

WARME SOSSE MIT LAUCH UND THYMIAN

(für 6 Personen)
7 große zarte Lauchstengel
2 Knoblauchzehen
4 klein geschnittene ungeschälte Tomaten
3 EL Olivenöl
1 TL Thymian
4 EL trockener Weißwein
Salz
Pfeffer

1. Den Lauch putzen, waschen und in Stücke von ca. 5 cm schneiden. 15 Minuten in Salzwasser kochen, bis die Stücke weich sind.
2. In einer Pfanne mit massivem Boden das Olivenöl warm machen und den Knoblauch leicht und bei niedriger Hitze dünsten, ohne dass er dabei anbrennt.
3. Den Knoblauch herausnehmen und wegwerfen, die Tomaten, den Thymian und den Wein hineingeben. Leicht rühren und 10 Minuten kochen. Salz und Pfeffer hinzufügen und die Soße abschmecken. Die Soße dick werden lassen.
4. Den Lauch mit einer Abtropfkelle herausnehmen, gut abtropfen lassen und in einer breiten Schüssel anrichten. Mit der warmen Soße übergießen und servieren.

LAUCH-"PITA"

(für 8 Personen)
1 kg Phyllo-Teig (Blätterteig)
3 EL Olivenöl

Für die Füllung:
2 kg fein geschnittener Lauch (nur weißen Teil verwenden)
1 Büschel fein geschnittener Dill
500 g geriebener harter Feta
1 Teetasse geriebener Pecorino
1 Teetasse griechischer Joghurt
5 Eier
30 g Butter
1 EL Hartweizengrieß
Salz
Pfeffer

1. Den Lauch putzen, indem man alle grünen Teile entfernt. Der Länge nach vierteln und in kleine Stücke schneiden. Im Sieb gut waschen und abtropfen lassen. Die Butter in einer tiefen Bratpfanne zergehen lassen, den Lauch hineingeben und 10 Minuten leicht dünsten, bis er weich wird. Nicht anbrennen lassen. Auf die Seite stellen und kalt werden lassen.
2. Den Lauch zusammen mit dem Käse, Dill, Grieß, Joghurt, den geschlagenen Eiern, dem Salz und Pfeffer in eine große Schüssel geben und die Zutaten mit zwei Gabeln mischen.

3. Eine rechteckige Backform (50 x 28 cm) oder eine runde (60 x 70 cm) mit etwas geschmolzener Butter einfetten. Vier Teigblätter darin ausbreiten und mit Butter bepinseln. Die Hälfte der Füllung darauf geben und mit ein bis zwei weiteren Teigblättern bedecken.
4. Darauf den Rest der Füllung gleichmäßig auftragen und zum Schluss noch fünf Teigblätter darüber legen. Die Ränder der Teigblätter nach innen falten und die "pita" im "baklava"-Muster einschneiden. Reichlich Butter darüber gießen und bei 170 Grad 50 Minuten backen.

CREMESUPPE MIT LAUCH

(für 6 Personen)
3 große fein geschnittene Lauchstengel
75 g Butter
2 EL Mehl
6 Teetassen Hühnerbrühe
2 Eigelb
3 EL Sahne
Salz
Frisch gemahlener Pfeffer

1. Den Lauch in der Butter leicht dünsten, bis er weich und glasig geworden ist.
2. Das Mehl dazugeben und mit einer hölzernen Kelle kräftig 3 – 4 Minuten rühren. Sogleich die Brühe hinzufügen, zum Kochen bringen und dann noch 20 Minuten köcheln lassen. Mit Salz und Pfeffer abschmecken.
3. Die Suppe durchseihen. Die Hälfte des Lauchs zurückbehalten und mit dem Mixer pürieren. Die Brühe zusammen mit den fein geschnittenen Lauchstücken und dem Gemüsemus in einen sauberen Topf geben. Gut rühren und noch einmal zum Kochen bringen.
4. Die Herdplatte abstellen.Die Eigelbe mit dem Schneebesen leicht schlagen, die Sahne dazugießen und weitere 4 – 5 Minuten schlagen. Die Mischung unter kräftigem Rühren in die Suppe geben und sofort servieren.

Cremesuppe mit Lauch

BASILIKUM

SARDELLEN MIT BASILIKUM UND OLIVENPASTE

(für 6 Personen)
1 kg große Sardellen
2 Teetassen Olivenöl
1 Teetasse Mehl
1 Teetasse Semmelbrösel
1 Ei
Salz
Zitronensaft

Für die Füllung:
6 fein geschnittene schwarze Oliven oder ein EL fertige Paste aus schwarzen Oliven
1 EL fein geschnittenes frisches Basilikum
1 TL fein geschnittene süße Paprikaschote

1. Man wählt große Sardellen, deren Köpfe entfernt werden. Die Sardellen waschen, salzen und gut abtropfen lassen.
2. Sorgfältig aufschneiden und die Gräte herausnehmen, ohne die Sardellen jedoch in zwei Hälften zu teilen.
3. Die Oliven mit dem Basilikum und dem Paprika mischen und damit die Fische füllen. Die Sardellen wieder schließen und zuerst im Mehl, dann im leicht geschlagenen Ei und schließlich in den Semmelbröseln wenden.
4. Auf beiden Seiten in heißem Öl braten, bis sie goldbraun geworden sind. Die Fische warm mit reichlich Zitronensaft servieren.

PAPRIKASCHOTEN IN DER FORM MIT KÄSE UND BASILIKUM

(für 10 Personen)
1 ½ kg rote Paprikaschoten
1 ½ kg weicher Feta
4 EL süße Myzithra oder Philadelphia-Käse
2 EL fein geschnittenes Basilikum
4 EL extra natives Olivenöl
1 TL Essig
½ TL grüner Pfeffer
Salz

1. Die Paprikaschoten mit kaltem Wasser waschen. Im Ofengrill bei 180 Grad grillen.
2. Das Basilikum fein schneiden und in einer kleinen Schüssel mit zwei Esslöffeln Olivenöl, dem Essig und

etwas Salz vermischen, indem man die Zutaten mit einer Gabel schlägt.

3. In einer zweiten kleinen Schüssel den Käse, das restliche Olivenöl und den Pfeffer mischen, bis eine homogene Masse entsteht.
4. Die Paprikaschoten aus dem Ofen nehmen und mit einer Klarsichtfolie bedecken, bis sie ganz abgekühlt sind. Sorgfältig die Haut und die Samen entfernen. Die Paprikaschoten halbieren und mit etwas Olivenöl beträufeln.
5. Eine längliche Form nehmen und mit einer Klarsichtfolie auslegen, so dass diese den Formrand bedeckt. Den Boden der Form mit Paprikahälften bedecken. Darüber etwas Basilikummischung geben und mit einem leicht eingeölten Spachtel eine dünne Schicht Käsemischung auftragen.
6. Abwechslungsweise eine Schicht Paprika, eine Schicht Basilikummischung und eine dünne Schicht Käsemischung auftragen. Mit einer Schicht Paprika abschließen. Die Gesamtdicke der Lagen sollte am Ende etwa 6 bis 7cm betragen. Die Form 7 – 8 Stunden in den Kühlschrank stellen.
7. Zum Anrichten die Form mit den Paprika umgekehrt auf eine flache Schüssel stülpen und die Folie vorsichtig entfernen.
8. Mit einem scharfen Messer in dünne Scheiben schneiden und mit reichlich grünem Salat servieren.

AUBERGINEN NACH DER ART VON CHIOS MIT FETA UND BASILIKUM

(für 4 Personen)
4 nicht sehr große Auberginen,
6 EL in Würfel geschnittener harter Feta
4 zerdrückte Knoblauchzehen
2 EL Olivenöl
1 EL frisches Basilikum

1. Die Auberginen auf Holzkohle oder im Ofengrill gut grillen. Mit einem scharfen Messer der Länge nach einschneiden, so dass der Saft herausläuft. In einer Schüssel den Feta, die Petersilie, den Knoblauch und das Olivenöl mischen.
2. Die Auberginen an der Einschneidestelle mit der Fetamischung füllen, wieder schließen und noch weitere 10 Minuten grillen, bis der Käse geschmolzen ist. Die Auberginen aus dem Ofen nehmen und geöffnet servieren.

FUSILLI MIT AUBERGINEN UND BASILIKUM

(für 8 Personen)
1 Packung Fusilli
3 Auberginen
200 g Feta
4 EL geriebener Parmesan
2 Eier
Ein paar frische Basilikumblätter
Frisch gemahlener Pfeffer
800 g geschälte frische Tomaten
1 geriebene Zwiebel
½ TL Knoblauch
1 EL Zucker
1/4 Teetasse Olivenöl

1. Die Auberginen schälen und in kleine Würfel schneiden. 2 – 3 Stunden in Salzwasser einlegen, abtropfen lassen und in Olivenöl braten. Auf saugfähiges Küchenpapier legen.
2. Aus den Tomaten, der Zwiebel, dem Knoblauch, Zucker und Olivenöl eine Soße zubereiten. Sobald sie eingedickt ist, erkalten lassen. Den Feta grob reiben.
3. Die Fusilli zwei Minuten kochen, abkühlen lassen und zusammen mit der Soße, den Auberginen, dem Feta, dem frisch gemahlenen Pfeffer und dem Basilikum in eine feuerfeste Schüssel geben und gut mischen. Kontrollieren, ob genug Flüssigkeit vorhanden ist. Mit Alufolie bedecken und im auf 180 Grad vorgeheizten Backofen 45 Minuten backen.
4. In einer Schüssel die Eier zusammen mit 4 Esslöffeln Wasser und dem Parmesan schlagen.
5. Sobald die Teigwaren zu kochen beginnen, die Alufolie wegnehmen, mit der Ei-Käse-Mischung gleichmäßig übergießen und weiter im Ofen backen, bis sich eine schöne Kruste gebildet hat. Sofort servieren.

Mit Feta und Basilikum gefüllte chiotische Auberginen

THUNFISCH MIT TOMATENSOSSE UND BASILIKUM

(für 4 Personen)
2 EL Olivenöl
1 große, in dünne Scheiben geschnittene Zwiebel
1/4 Teetasse fein geschnittenes Selleriekraut
1/4 Teetasse fein geschnittenes frisches Basilikum
1 fein geschnittene Knoblauchzehe
1 große, geschälte und grob geschnittene reife Tomate
1 Lorbeerblatt
1 Teetasse grob geschnittenes frisches Basilikum
4 – 6 Scheiben Thunfisch
frische Basilikumzweige

1. Einen Esslöffel Olivenöl in einer großen, schweren Bratpfanne auf mittlere Hitze erwärmen. Die Zwiebel, den Sellerie, das Basilikum und den Knoblauch hineingeben. Alle Zutaten dünsten, bis die Zwiebel weich ist, aber nicht braun werden lassen. Die Tomaten und das Lorbeerblatt hinzufügen. Zudecken und noch 15 Minuten kochen lassen, bis die Soße eingedickt ist. Ab und zu umrühren.
2. Das Lorbeerblatt herausnehmen und das Basilikum untermischen. Mit Salz und Pfeffer abschmecken.
3. Den Thunfisch mit Salz und Pfeffer würzen. Das restliche Olivenöl in einer anderen schweren Pfanne auf mittlere Hitze erwärmen. Den Thunfisch hineingeben und auf beiden Seiten ca. 3 Minuten braten, bis er eine helle Farbe bekommen hat.
4. Den Thunfisch auf einer Platte anrichten. Mit der Soße übergießen und mit den frischen Basilikumzweigen garnieren.

Thunfisch mit Tomatenssose und Basilicum

GEKOCHTE KARTOFFELN MIT BASILIKUMSOSSE

1 kg kleine Kartoffeln
Salz

Für die Soße:
2 EL frische Basilikumblätter
1 TL frische Pfefferminzblätter
2 gewaschene Anschovis
1 EL Kapern
4 EL extra natives Olivenöl
1 EL frischer Zitronensaft
½ TL Pfeffer

1. Die Kartoffeln in reichlich Salzwasser 25 Minuten kochen. Abtropfen lassen und warm halten.
2. Das Olivenöl, die Anschovis, das Basilikum und die fein geschnittene Pfefferminze, den Pfeffer und Zitronensaft in den Mixer geben. Auf mittlerer Stufe 1 – 2 Minuten schlagen, bis sich alle Zutaten gut vermischt haben und zu einer dicken Soße geworden sind. Zum Schluss die Kapern beifügen und noch einmal schlagen.
3. Die Kartoffeln auf einer warmen Platte anrichten und mit der Basilikumsoße übergießen.

TOMATENSOUFFLÉ MIT BASILIKUM

½ kg fein geschnittene reife Tomaten
3 EL fein geschnittenes frisches Basilikum
4 geschlagene Eier
250 g Milch
1 EL Zucker
1 TL Salz
Butter
Muskat

1. Die Tomaten bei niedriger Hitze 15 Minuten in einer Pfanne braten (bis sie weich sind). Mit einer Gabel die Tomaten zerquetschen. Das Basilikum hinzufügen.
2. Den Ofen auf 180 Grad vorwärmen. Die Eier zusammen mit der Milch, dem Zucker und Salz schlagen. Das Tomatenpüree dazugeben.
3. Eine Schüssel einbuttern und die Mischung hineingeben. Mit Muskat bestreuen. 20 Minuten im Bain-Marie kochen.

ÖL-ESSIG-SOSSE MIT BASILIKUM FÜR GEBRATENE AUBERGINEN

½ Teetasse natives Olivenöl
4 EL Essig
2 EL Zitronensaft
4 Knoblauchzehen
1 TL frisches Basilikum
1 gestrichener TL Salz
2 – 3 Tropfen lauwarmes Wasser

1. Den Knoblauch zusammen mit dem Salz in einem Mörser zerdrücken. Den zerdrückten Knoblauch zusammen mit allen übrigen Zutaten in eine tiefe Schüssel oder ein Glas geben, das gut schließt.
2. Gut schütteln, bis sich alle Zutaten gut vermischt haben.

AROMATISCHER ESSIG MIT BASILIKUMBLÄTTERN

1 kg Essig
Ein paar Basilikumblätter
2 kleine Zwiebeln
2 Knoblauchzehen
6 – 7 Pfefferkörner
2 Gewürznelken

1. Die Basililikumblätter, die Zwiebeln und Knoblauchzehen zerkleinern und zusammen mit allen übrigen aromatischen Zutaten in den Essig geben.
2. Einen Tag ziehen lassen, mit einem Mulltuch filtern und in eine Flasche füllen.

BASILIKUM IN ÖL

Das Öl kann zur Aromatisierung von Fleisch und Teigwaren verwendet werden.

ZUTATEN

Basilikum (beliebige Menge), Olivenöl

1. Die Basilikumzweige kurz waschen und gut trocknen lassen. In kleinere Stücke teilen und in kleine Gläser geben, indem man leicht presst.
2. Mit Öl bedecken und hermetisch verschließen. An einem trockenen, dunklen Ort aufbewahren.

OREGANO

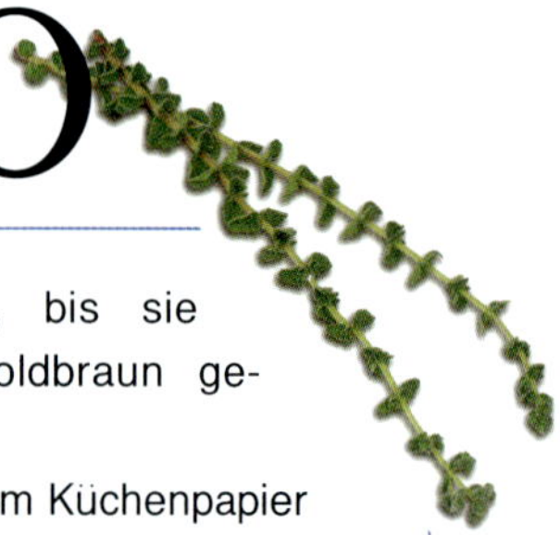

TOMATENKLÖSSE NACH SANTORINER ART

(für 6 Personen)
3 große, reife Tomaten
1 große, fein geschnittene Zwiebel
1 TL Oregano
1 TL Backpulver
2 – 3 EL Mehl
1 Teetasse Mehl
Salz
Pfeffer

1. Die Tomaten aufschneiden und die Samen entfernen. In den Mixer geben und in kleine Stücke zerkleinern (nicht pürieren!).
2. Die Tomaten in ein feines Sieb geben und eine Stunde gut abtropfen lassen.
3. In eine Schüssel geben und mit der Zwiebel, dem Oregano, Backpulver, Salz, Pfeffer und Mehl vermischen. Die Mischung sollte von ziemlich fester Konsistenz sein (falls nötig noch etwas Mehl dazugeben).
4. In eine tiefe antihaftbeschichtete Bratpfanne das Olivenöl geben und ziemlich heiß werden lassen. Löffelweise die Mischung in das heiße Öl geben.
5. Die Tomatenbällchen bei hoher Hitze braten, bis sie rundherum goldbraun geworden sind.
6. Auf saugfähigem Küchenpapier abtropfen lassen und sogleich servieren.

LAMM IN OREGANO-ÖLSOSSE

(für 6 Personen)
1½ kg Lamm
1 Teetasse Olivenöl
1 TL Oregano
¾ Teetasse Wein
1 TL Salz
Pfeffer

1. Das Lamm waschen und in kleine Stücke schneiden. Das Olivenöl in einer breiten Pfanne heiß machen und das Fleisch auf allen Seiten goldbraun anbraten.
2. Mit dem Wein ablöschen, mit Oregano bestreuen und mit Salz und Pfeffer abschmecken. 2 Tassen Wasser dazugeben. Zudecken und auf sehr niedrigem Feuer 50 Minuten köcheln lassen. Immer kontrollieren, ob genug Flüssigkeit vorhanden ist.
3. Das Gericht heiß und mit Pommes frites und reichlich Salat servieren.

WINTERSUPPE MIT VERSCHIEDENEN ARTEN VON FLEISCH UND WILDEM OREGANO

½ kg Kalbsfleisch (Halsstück)
½ kg Lammfleisch (Halsstück)
½ kg Hühnerfleisch (Halsstück)
1 TL wilder Oregano (frisch oder getrocknet)
1 zerdrückte Knoblauchzehe
1 EL fein geschnittene Petersilie
5 EL Mehl
2 Eier
1 TL frische Butter
1 EL Zitronensaft
Salz
Pfeffer

1. Das Fleisch in einem großen Kochtopf in zwei Liter Wasser 1½ Stunden zugedeckt kochen. Letzte halbe Stunde abdecken.
2. Die Brühe in einen sauberen Kochtopf durchseihen. Das Fleisch von den Knochen lösen und zurück in die Brühe geben. Salzen und die Petersilie und den zerdrückten Knoblauch hinzufügen. Die Brühe noch einmal 10 Minuten köcheln lassen. Zwei Tassen Brühe herausnehmen, erkalten lassen und darin das Mehl auflösen. Wieder in den Topf zurückschütten und unter kräftigem Rühren noch einmal 6 – 7 Minuten köcheln lassen. Den Oregano und die warme Butter dazugeben, zudecken und die Suppe 5 Minuten ruhen lassen. Die Eier schlagen und in den Topf geben. Gut umrühren und servieren.

Einfache, aber herrlich schmeckende Suppe, gewürzt mit den kurz vor ihrer Blüte geernteten aromatischen Oreganoknospen.

TINTENFISCH-SPIESSCHEN MIT OREGANO

1 ½ kg geputzte Kalmare und Sepien
100 g Weißbrot ohne Rinde
Schalen von 2 grünen Zitronen
3 frische Knoblauchzehen
1 Glas trockener Weißwein
1 Büschel Petersilie
1 Büschel Oregano
extra natives Olivenöl
Salz
Pfeffer

1. Die Kalmare und Sepien waschen und gut trocknen. In ein Becken legen.
2. Die Oreganoblättchen, die geriebenen Zitronenschalen, den Wein, ein paar Tropfen Olivenöl, das Salz und den Pfeffer mischen und mit dieser Marinade die Kalmare und Sepien übergießen. An einem kühlen Ort ein paar Stunden marinieren. Ab und zu umrühren.
3. Den Knoblauch schälen und zerdrücken, die Petersilie fein schneiden. Das Brot zerreiben und ohne Öl in einer antihaftbeschichteten Pfanne 1 Minute rösten. Den Knoblauch, die Petersilie, das Salz und den Pfeffer hinzufügen.
4. Die Sepien und Kalmare aus der Marinade nehmen und gut abtrocknen. Mit der Brotmischung vermengen, auf Holzspieße stecken und auf dem ziemlich heißen Grill 5 – 6 Minuten auf beiden Seiten braten. Während dem Braten die "souvlakia" mit etwas Olivenöl bepinseln. Achten Sie darauf, dass die Sepien und Kalmare klein sind, damit sie schön weich werden.

GEFÜLLTE TOMATEN MIT GERSTENZWIEBACK UND OLIVENÖL

10 EL extra natives Olivenöl
4 kleine Tomaten, vorzugsweise "pomodori"
½ TL Tomatenpüree
2 Teetassen geriebener Gerstenzwieback
1 Teetasse fein geschnittene Petersilie
2 fein geschnittene Knoblauchzehen
2 geschlagene Eier
1 TL Oregano
2 EL Hartkäse ("kephalotiri" oder Greyerzer)
Salz
1 gestrichener TL schwarzer Pfeffer

1. Die Tomaten gut waschen, trocknen lassen und halbieren. Mit einem Löffelchen etwas von ihrem Fleisch entfernen, salzen, umgekehrt hinlegen und 20 Minuten abtropfen lassen.
2. In einer Schüssel den geriebenen Zwieback mit dem Tomatenpüree, dem Fruchtfleisch der frischen Tomaten, der Petersilie, dem Knoblauch, Oregano, Käse, den Eiern und dem Pfeffer vermischen. Mit dieser Mischung die Tomaten füllen und in eine leicht geölte feuerfeste Schüssel geben. Jede Tomate mit einem Löffel Olivenöl übergießen und bei 200 Grad 20 Minuten backen.

ROSMARIN

BROTSCHEIBEN MIT ZWIEBELN UND ROSMARIN

½ Teetasse Olivenöl
3 EL Olivenöl
2 Teetassen Mehl
15 g frische Hefe
2 EL Butter
2 große, fein geschnittene rote Zwiebeln
3 fein geschnittene Frühlingszwiebelchen
1 EL frischer Rosmarin
1 TL Salz
1 EL grobes Meersalz
1 EL Zucker

1. Das Mehl in eine Schüssel geben. In der Mitte eine Mulde eindrücken und das Salz, die in etwas lauwarmem Wasser aufgelöste Hefe, das Olivenöl und ein bisschen Zucker hineingeben. Die Mischung kneten und immer wieder etwas lauwarmes Wasser hinzufügen, bis die Masse homogen und elastisch geworden ist. Auf eine leicht bemehlte Unterlage legen und noch einmal kneten. In einer mit einem Baumwolltuch zugedeckten Schüssel 20 – 25 Minuten gehen lassen.
2. Den Teig in Portionen teilen und damit runde Stücke mittlerer Größe formen. Auf ein leicht geöltes Blech legen und mit der Handfläche flach drücken.
3. In einer Bratpfanne die Hälfte des Olivenöls heiß machen und die fein geschnittenen Zwiebeln darin dünsten. Mit einer Lochkelle herausnehmen und zum Abtropfen in ein kleines Sieb geben.
4. Löffel um Löffel die Zwiebeln auf die Rondellen legen. Leicht pressen, damit sie gut auf dem Teig aufliegen. Auf die Oberfläche jedes Rondells etwas Zucker, grobes Salz und Rosmarin streuen und im auf 180 Grad vorgeheizten Ofen 50 – 60 Minuten backen.

LAMMKEULE MIT ROSMARIN IM SALZ

(für 6 Personen)
1 Lammkeule von ungefähr 2 kg
1 EL Rosmarin
1 Teetasse ungeharzter Weißwein
2 ½ kg grobes Salz
Pfeffer

Dem zarten Lammfleisch wird mit aromatischem Rosmarin ein reicherer Geschmack verliehen. Dank der dicken Schicht aus Meersalz geht nichts vom Saft des Fleisches und vom Geschmack der Gewürzkräuter verloren.

1. Die Keule sehr gut waschen, ohne jedoch den Knochen oder die weiße Außenhaut zu entfernen. Trocknen lassen.
2. Die Keule noch einmal waschen, dieses Mal aber mit Wein. Mit dem Rosmarin bestreuen und mit dem Wein beträufeln.
3. Ein Backblech mit einer ungefähr 2 cm dicken Schicht groben Salzes füllen. Darauf die Keule legen und mit einer weiteren dicken Schicht groben Salzes zudecken.
4. Auf der mittleren Ofenschiene bei 200 Grad ungefähr 2½ Stunden braten. Vor dem Servieren die dicke, kompakte Salzkruste zerbrechen. Als Beilage empfiehlt sich reichlich grüner Salat.

SCHNECKEN MIT ROSMARIN

20 Schnecken
½ Teetasse Olivenöl
2 TL Salz
3 EL starker roter Essig
1 TL Rosmarin

1. Die Schnecken mit reichlich lauwarmem Wasser waschen. Mit einem spitzen Messerchen die Häute entfernen, mit denen der Eingang zu den Gehäusen bedeckt ist.
2. Eine antihaftbeschichtete Bratpfanne erhitzen und den Pfannenboden mit einem Löffel Salz bestreuen. Die Schnecken mit der Öffnung nach unten in die Pfanne legen und 4 –5 Minuten bei hoher Hitze braten. Mit dem restlichen Salz bestreuen und das Olivenöl hinzufügen. Noch weitere 5 – 6 Minuten bei mittlerer Hitze braten.
3. Mit einer Gabel umrühren, den Rosmarin über die Schnecken streuen und mit dem Essig ablöschen. 1 – 2 Minuten im Essig kochen lassen. Die Schnecken in ihrer Soße warm servieren.

BRATKARTOFFELN MIT ROSMARIN

(für 8 Personen)
20 – 30 kleine runde Kartoffeln
1 Teetasse Olivenöl
1 EL Rosmarin
Salz

1. Die kleinen Kartoffeln gut waschen und schälen. Das Olivenöl heiß machen, die Kartoffeln hineingeben und die Bratpfanne zudecken.
2. Braten, bis sie gar und leicht goldgelb sind. 3 – 4 Minuten bevor man die Kartoffeln herausnimmt, streut man den Rosmarin darüber. Die Kartoffeln mit einer Lochkelle herausnehmen und auf einem saugfähigen Küchenpapier abtropfen lassen. Salzen und servieren.

HUMMER MIT NATIVEM OLIVENÖL, KNOBLAUCH UND ROSMARIN

(für 4 Personen)
1 frischer oder tiefgefrorener Hummer mittlerer Größe
½ Weinglas Olivenöl
Saft einer Zitrone
1 TL Rosmarin
1 zerdrückte

Knoblauchzehe
1 Weinglas Wasser
Salz
Pfeffer

1. Wasser zum Kochen bringen, Salz hinzufügen und den Hummer hineingeben. Bei großer Hitze 25 – 40 Minuten kochen. Die Schale entfernen und den Hummer in Stücke schneiden.
2. Das Wasser, den Knoblauch, das Olivenöl und den Zitronensaft in eine Bratpfanne geben. Salzen und pfeffern. Etwas erwärmen lassen und umrühren.
3. Das Fleisch des Hummers dazugeben und unter ständigem Wenden 8 Minuten köcheln lassen. Den Rosmarin hinzufügen. Den Hummer herausnehmen und warm halten. Die Brühe in den Mixer geben und 1 – 2 Minuten schlagen.
4. Den Hummer auf einer Platte anrichten und mit der Soße übergießen.

MARINADE MIT WEIN UND ROSMARIN FÜR KALB UND LAMM

300 ml Weißwein
2 Zweig Rosmarin
4 EL Olivenöl
1 scharfe Paprikaschote
2 zerdrückte Knoblauchzehen

1. Den Wein zusammen mit der Paprikaschote, dem Knoblauch und dem Rosmarin 10 Minuten kochen und vom Feuer nehmen.
2. Die Paprikaschote herausnehmen und das Olivenöl dazugießen. Rühren und kalt werden lassen. In diese Mischung das Fleisch einlegen und 2 – 3 Stunden in den Kühlschrank stellen.

PFEFFERMINZE

SUPPE MIT JOGHURT UND PFEFFERMINZE

(für 6 Personen)
½ kg griechischer Joghurt
4 EL extra natives Olivenöl
1 zerdrückte Knoblauchzehe
1 großer, fein geriebener Zucchino
1 EL frische Pfefferminze
2 – 3 Tropfen Essig

1. Den Zucchino putzen und reiben. Salzen und mit der Hand alle Flüssigkeit herauspressen.
2. Den Joghurt mit dem Schneebesen 5 – 6 Minuten schlagen. Bei ständigem Schlagen den Essig, die Pfefferminze, den Zucchino mit seinem Saft, den Knoblauch und schließlich das Olivenöl dazugeben. Weitere 3 – 4 Minuten schlagen. Die Suppe zum Abkühlen in den Kühlschrank stellen.
3. Die Suppe kalt servieren, wobei man in jeden Teller noch einen großen Eiswürfel gibt und ihn mit etwas fein geschnittener Pfefferminze garniert.

ZYPRIOTISCHER GRIESSSALAT MIT PFEFFERMINZE

½ Teetasse Hartweizengrieß oder Kuskus
2 in kleine Würfel geschnittene reife Tomaten
1 fein geschnittene frische Zwiebel
1 EL ganz fein geschnittene Petersilie
1 TL fein geschnittene Pfefferminze
Saft einer halben großen Zitrone
4 EL extra natives Olivenöl
Salz
Pfeffer

1. Den Grieß 12 Stunden in warmes Wasser einlegen. Gut zwischen den Handflächen auspressen und in eine Salatschüssel geben.
2. Die Tomaten, die Zwiebel, die Petersilie und die Pfefferminze hinzufügen. Salzen und pfeffern und den Zitronensaft und das Olivenöl dazugießen. Mit einem Löffel alle Zutaten gut mischen und den Salat servieren.

HUHN MIT ROTEN PAPRIKASCHOTEN UND PFEFFERMINZE

1 mittelgroßes, in Stücke geschnittenes Huhn
1 kg süße rote Paprikaschoten
3 fein geschnittene Frühlingszwiebeln
1 fein geschnittene Zwiebel
½ TL Oregano
1 Büschel Pfefferminze
¾ Teetasse Olivenöl
½ Teetasse ungeharzter Weißwein
Salz
Pfeffer

1. Die Paprikaschoten waschen und im Ofen mit Heißluft bei 180 Grad 25 – 30 Minuten grillen.
2. Die Paprikaschoten herausnehmen, auf eine Platte legen und mit einer Klarsichtfolie bedecken, so dass sie schwellen und leichter enthäutet werden können.
3. Die Paprikaschoten enthäuten und die Samen entfernen.
4. In einem antihaftbeschichteten Topf das Olivenöl erhitzen und die Zwiebeln hineingeben. Leicht wenden, damit sie etwas Farbe annehmen. Das Huhn dazugeben und mit einer Gabel wenden, bis es auf allen Seiten Farbe bekommen hat. Mit dem Wein ablöschen, pfeffern und salzen und 1½ Tassen Wasser hinzufügen. Zudecken und 35 – 40 Minuten köcheln lassen.
5. Wenn das Huhn fast gar ist, vom Feuer nehmen und den Oregano und einen Esslöffel fein geschnittene Pfefferminze dazugeben. Umrühren. Den Topfinhalt in eine feuerfeste Schüssel geben. Die Hälfte der Paprikaschoten zufügen und alles vermengen. Darüber die restlichen Paprikaschoten legen. Deckel aufsetzen und bei 180 Grad im vorgeheizten Backofen 30 – 35 Minuten backen.
6. Den Deckel wegnehmen und die Paprikaschoten noch 6 – 7 Minuten rösten lassen. Das Gericht warm oder in Zimmertemperatur mit etwas frischer Pfefferminze bestreut servieren.

Die würzige Minze und die süßen roten Paprika verwandeln ein einfaches Stück Hühnerfleisch in ein herrliches, farbenfrohes Gericht.

KABELJAU MIT BOHNENKRAUT UND PFEFFERMINZE

1 kg in längliche Streifen von 4 cm Dicke geschnittener Kabeljau
2 leicht geschlagene Eier
1 ½ Tassen Semmelbrösel
1 EL fein geschnittene Petersilie
1 EL Bohnenkraut
1 EL fein geschnittene Pfefferminze
1 zerdrückte Knoblauchzehe
½ Tasse fein geschnittene grüne Oliven
1 ½ Teetassen Olivenöl
½ TL frisch gemahlener grüner Pfeffer

1. Die Kabeljaustücke in die geschlagenen Eier tunken und danach in die Mischung, die man zuvor mit den Semmelbröseln, dem Knoblauch, Pfeffer, Bohnenkraut, der Petersilie, den Oliven und der Pfefferminze zubereitet hat. Die Fischstücke sollten von einer dicken Kruste bedeckt sein.
2. Auf beiden Seiten in heißem Olivenöl 6 – 7 Minuten braten. Sobald sie eine schöne goldgelbe Farbe angenommen haben, herausnehmen und auf saugfähigem Küchenpapier abtropfen lassen. Servieren.

Artischocken sind hauptsächlich ein Gericht der Mittelmeerküche und haben einen ganz besonderen Geschmack. Je nach persönlicher Vorliebe kann man sie auf ganz unterschiedliche Weise zubereiten.

GEFÜLLTE ARTISCHOCKEN MIT JOGHURT-PFEFFERMINZ-SOSSE

6 frische Artischocken
4 EL Reis zum Füllen
1 ½ EL fein geschnittene frische Pfefferminze
3 fein geschnittene Frühlingszwiebeln
1 geriebene mittelgroße Zwiebel
1 EL ungeharzter Weißwein
7 EL griechischer Joghurt
1 großes Ei
Saft von einer großen Zitrone
1 Teetasse Olivenöl
Salz
Frisch gemahlener grüner Pfeffer

1. In einem kleinen Topf das Olivenöl heiß machen und die Frühlingszwiebeln 2 – 3 Minuten dünsten. Den Reis hineingeben, umrühren und mit dem Wein ablöschen. 3 Esslöffel Wasser dazugießen, zudecken und 7 Minuten köcheln lassen. Die Hälfte der Pfefferminze hinzufügen, umrühren und noch kurze Zeit auf der abgeschalteten Herdplatte lassen.
2. Die äußeren Blätter der Artischocken entfernen. Mit einem spitzen Messerchen die violetten Blätter und den Flaum im Innern der Artischocken wegschneiden. Die Artischocken sogleich in eine Schüssel mit Wasser legen, in die

TZATZIKI MIT PFEFFERMINZE

1 Teetasse griechischer Joghurt
2 geriebene kleine Gurken
1 TL frische oder getrocknete Pfefferminze
3 fein geschnittene Knoblauchzehen
Salz
2 Tropfen Essig
4 Tropfen Olivenöl

1. Den Joghurt zusammen mit den geriebenen Gurken, dem Knoblauch, Olivenöl, Salz und Essig gut schlagen.
2. Eine Stunde vor dem Servieren in den Kühlschrank stellen. Mit Pfefferminze bestreuen und servieren.

man den Zitronensaft und einen Teelöffel Salz gegeben hat.

3. Eine Artischocke nach der anderen aus dem Wasser nehmen, mit einer Zitronenhälfte abreiben und im Innern mit der Reismischung füllen.
4. ½ Teetasse Olivenöl erhitzen und die Zwiebel dünsten, bis sie alle Flüssigkeit von sich gegeben hat, ohne aber braun zu werden. Die Artischocken in den Topf legen, eine Tasse Wasser dazugeben, zudecken und 12 Minuten köcheln lassen.
5. Die Artischocken zusammen mit ihrem Saft in eine kleine feuerfeste Schüssel geben. In einer Schüssel das Joghurt mit dem Ei und reichlich grünem Pfeffer schlagen und mit dieser Soße die Artischocken übergießen. Im vorgeheizten Ofen 30 Minuten bei 180 Grad kochen.
6. Die Artischocken mit reichlich Pfefferminze bestreut warm servieren.

SCHOKOLADENCAKE MIT PFEFFERMINZE

2 Teetassen Zucker
1 3/4 Teetassen gesiebtes Allzweckmehl
3/4 Teetasse Kakao
1 TL Natron
1 gestrichener TL Salz
2 Eier
1 Teetasse Milch
½ Teetasse extra natives Olivenöl
2 Vanillezucker
1 Teetasse warmes Wasser
½ Tasse fein geschnittene Pfefferminze
1 EL Butter
1 EL Mehl für die Backform
1 EL Puderzucker
Pfefferminzblätter zum Garnieren

1. Den Ofen auf 200 Grad vorheizen. In einer großen Schüssel den Zucker mit dem Mehl, Kakao, Natron, Salz, Vanillezucker und der Pfefferminze vermischen.
2. In einer zweiten Schüssel die leicht geschlagenen Eier mit der Milch, dem Olivenöl und dem warmen Wasser vermengen.
3. Den Inhalt der zweiten Schüssel in die erste Schüssel geben und mit dem Mixer (2 – 3 Minuten) oder von Hand (6 – 7 Minuten) rühren.
4. Eine längliche Cake-Backform buttern und mit dem Mehl bestreuen. Die Cake-Mischung hineingeben.
5. 40 – 50 Minuten backen, bis an der Messerklinge nichts mehr klebt. Den Cake erkalten lassen und mit Puderzucker bestreuen. Mit frischer Pfefferminze garniert servieren.

TEIGTASCHEN ("PITAKIA") MIT KÜRBIS, REIS UND PFEFFERMINZE

Für die Füllung:
2 Teetassen in Würfel geschnittenes Kürbisfleisch
2 – 3 EL Reis
1 große Zwiebel
4 EL Olivenöl

Die Pfefferminze ist ein Gewürzkraut mit vielen "Privilegen", da sie sowohl für süße als auch pikante Gerichte verwendet werden kann. Ihr pikanter zitronenartiger Geschmack passt gut zu Schokolade, Marmeladen und Gelees aus Zitrusfrüchten.

1 EL fein geschnittene frische Pfefferminze
Salz
Pfeffer

Für den Phyllo-Teig (Blätterteig):
500 g Weißmehl
2 EL Olivenöl
2 EL Zitronensaft
Salz
Etwas lauwarmes Wasser

1. Die Zwiebel und den Kürbis leicht im Olivenöl dünsten. Etwas Wasser dazugießen, auf eine niedrigere Stufe schalten und 15 Minuten köcheln lassen. Mit einer Gabel prüfen, ob der Kürbis gar ist. Die Stücke mit der Gabel zerdrücken. Den Reis, die Pfefferminze, das Salz und den Pfeffer dazugeben und weitere 12 Minuten köcheln lassen. Vom Feuer nehmen und kalt werden lassen.
2. Mit den Phyllo-Teig-Zutaten einen weichen, elastischen Teig herstellen, der in kleine runde Portionen geteilt wird. Auf leicht bemehlter Oberfläche mit Hilfe eines Nudelholzes ein großes, rundes Phyllo-Blatt ausrollen. Rechteckige Stücke von 7 x 7 cm daraus ausschneiden. Eine kleine Menge der Mischung in die Mitte jedes Stückes legen und die Teigtaschen schließen, indem man die gegenüberliegenden Seiten zusammenlegt. In der Mitte leicht drücken, damit sich die Füllung gleichmäßig verteilt, und in heißem Olivenöl braten, bis sie auf beiden Seiten goldgelb sind. Die Teigtaschen warm oder in Zimmertemperatur servieren.

ERFRISCHENDES ORANGENGELEE MIT PFEFFERMINZE

1 kg Orangen
2 EL Zucker
1 Dose Orangengelee
1 EL fein geschnittene frische Pfefferminze

1. Die Orangen gut waschen und mit einem Baumwolltuch abtrocknen. Die Orangen schälen, indem man die Schale der Länge nach einschneidet, und die Schalenstücke so fein wie Streichhölzer schneiden. 4 – 5 Stunden in reichlich kaltes Wasser einlegen.
2. Eine Orange auspressen und den Saft

zusammen mit 2 Esslöffel Zucker in einen kleinen Topf geben. Zum Kochen bringen und in den Sirup die gut abgetropften Orangenschalenstückchen sowie die frische Pfefferminze geben. 5 – 6 Minuten köcheln lassen. Die Schalen mit einer Lochkelle herausnehmen und zum Abtropfen in ein Sieb geben.

3. Eine flache Form aus Plastik oder Metall nehmen. Die Orangen in Rondellen schneiden und auf den Boden der Form legen. Auf den Rondellen die in Streichholzform geschnittenen Orangenschalenstückchen ausbreiten.
4. In den Sirup den in einem Glas kaltem Wasser aufgelösten Orangengelee geben. Diese Mischung in die Form gießen. Mindestens 8 Stunden in den Kühlschrank stellen und servieren.

PFEFFERMINZ-SOSSE

(für 4 Personen)
60 g geriebene frische oder getrocknete Pfefferminzblätter
1 Glas Essig
40 g Zucker
Salz
Pfeffer

1. Den Essig zum Kochen bringen und mit der Pfefferminze in eine Suppenschüssel geben. Leicht abkühlen lassen.
2. ½ Glas Wasser, den Zucker, das Salz und den Pfeffer dazugeben und gut mischen. Die Soße eignet sich besonders für Lamm- und Schafffleisch. Sie wird kalt serviert.

PFEFFERMINZMARMELADE MIT ÄPFELN

100 – 200 g Pfefferminzblätter
1 kg geschälte und zerschnittene Äpfel
700 g Zucker
2 Zitronen

1. Die Äpfel schälen und schneiden und in reichlich kaltes Wasser geben, dem man den Saft einer Zitrone zugesetzt hat, um zu verhindern, dass die Äpfel braun werden. Die Äpfel in einen Topf geben und die geriebene Schale einer Zitrone, die fein geschnittenen Pfefferminzblätter und eine Prise Zucker hinzufügen.
2. Bei niedriger Hitze kochen, indem man immer wieder umrührt und den Schaum abschöpft. Sobald die Äpfel gar sind, vom Feuer nehmen und alles passieren. Man erhält dann ein grünes Püree. Diesem dann den Zucker und den Saft der zweiten Zitrone beigeben. Unter ständigem Rühren und Schaumabschöpfen so lange kochen, bis die Marmelade ihre normale Konsistenz erhalten hat.
3. Den Topf vom Feuer nehmen und die Marmelade heiß in die Gläser füllen, die man dann hermetisch verschließt und an einem kühlen und dunklen Ort verwahrt.

SALBEI

GEBRATENE SALBEIBLÄTTER

1 Eigelb
350 ml sehr kaltes Wasser
1 Prise Natron
185 g Allzweckmehl

Alle Zutaten vermischen und so lange rühren, bis man eine dünnflüssige Masse erhält. Mit den Fingern frische Salbeiblätter in die Mischung tauchen und sogleich in heißem Sonnenblumenöl braten.

WEISSE BOHNEN MIT SALBEI

(für 6 Personen)
500 g große weiße Bohnen
6 Teetassen kaltes Wasser
1/4 Teetasse extra natives Olivenöl
1 ½ EL fein geschnittener frischer Salbei
1 große zerdrückte Knoblauchzehe

1. Die Bohnen in einen großen Topf geben. Mit Wasser bedecken und eine Nacht darin eingetaucht lassen.
2. Die Bohnen abtropfen lassen und wieder in den Topf geben. 6 Teetassen kaltes Wasser und 1/4 Tasse Olivenöl dazugießen und den fein geschnittenen Salbei sowie den Knoblauch beifügen. Zum Kochen bringen.
3. Zudecken und ungefähr 45 Minuten auf mittlerer Hitze köcheln lassen, bis die Bohnen weich geworden sind (Schaum ab und zu abschöpfen). Salzen und pfeffern.
4. Mit einer Lochkelle die Bohnen herausnehmen und in eine Schüssel geben. Mit etwas extra nativem Olivenöl übergießen und mit frischem Salbei garnieren.

SCHWEINSRIPPCHEN MIT SALBEI UND SÜSSEM WEIN

(für 4 Personen)
1 kg Rippchen
15 Blätter Salbei
2 Knoblauchzehen
Saft einer halben Zitrone
1 süßer Weißwein (z. B. Typ "moschato")
1 EL Olivenöl
Salz
Pfeffer

Zwei oder drei Salbeiblätter genügen, um den großen weißen Bohnen ihren erdigen Geschmack zu nehmen. Wenn Sie beim Kochen Salbei verwenden, fügen Sie es dem Getreide oder den Bohnen früh bei, damit diese dessen starkes Aroma gut absorbieren können.

1. Das Schweinsrippchenstück in 4 Portionen teilen und zusammen mit dem Zitronensaft, dem Olivenöl, dem süßen Wein, den gewaschenen und getrockneten Salbeiblättern und den zerdrückten Knoblauchzehen in eine tiefe Schüssel geben. Salzen und pfeffern und mindestens eine Stunde bei Zimmertemperatur marinieren.
2. Die Schweinsrippchen auf Holzkohle oder im mindestens 15 Minuten vorgeheizten Ofengrill braten, indem man sie oft wendet und immer wieder mit der Marinadensoße bepinselt, damit sie nicht austrocknen.

Der Salbei ist das bevorzugte Gewürzkraut der italienischen Küche, wo es nicht nur für Fleisch- und Geflügelgerichte, sondern auch für Fischgerichte verwendet wird. Legen Sie auf ein Lachsfilet ein Zweiglein Salbeiblätter und backen Sie es im Ofen!

THYMIAN

FERKEL MIT HONIG UND THYMIAN

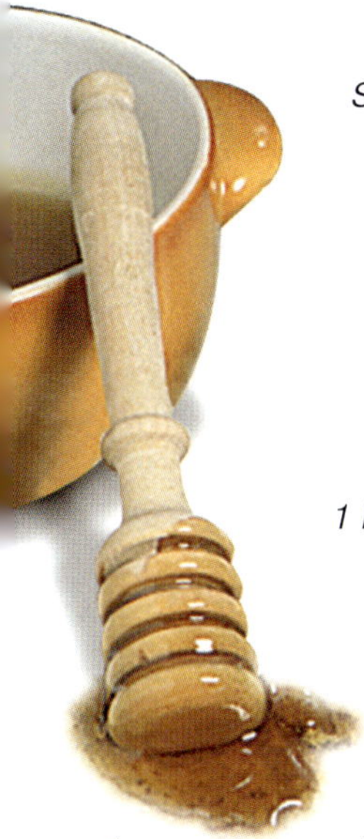

1 ½ kg Ferkel vom Schulterstück, in mittelgroße Stücke geschnitten
Salz

Für die Marinade:
2 ½ Teetassen Rotwein
4 EL Rotweinessig
4 EL Thymianhonig
2 EL Thymian
1 Büschel Thymianzweigchen
½ Teetasse extra natives Olivenöl
1 TL Salz
1 TL grüner Pfeffer

1. Das Schweinsferkel gut waschen, abtropfen lassen und salzen. In eine tiefe Schüssel geben und mit der Marinadenmischung übergießen. Das Fleisch mindestens 12 Stunden marinieren.
2. Den Boden eines großen, vorzugsweise tönernen Gefäßes mit den Thymianzweigen auslegen. Darauf die Portionen Schweinefleisch legen und bei 200 Grad 20 Minuten im Ofen braten. Kurz herausnehmen, mit etwas Marinade übergießen und weitere 20 Minuten bei 180 Grad braten.
3. Den Braten aus dem Ofen nehmen und das Fleisch zum zweiten Mal mit reichlich Marinade übergießen. Noch einmal 20 Minuten braten. Schließlich das Fleisch wenden, damit es auch auf der unteren Seite schön braun wird, und noch die restliche Marinade darüber gießen. Noch weitere 25 Minuten braten.
4. Das Fleisch mit seiner Soße und grünem Salat servieren.

GARNELENSUPPE MIT THYMIAN

(für 6 Personen)
800 g Kartoffeln
300 g Garnelen mit Köpfen
1/4 Teetasse extra natives Olivenöl
1 fein geschnittener Selleriestengel
1 fein geschnittene Karotte
2 fein geschnittene kleine Zwiebeln
3 Thymianzweigchen
1 Teetasse trockener Weißwein
1/3 Tasse Sahne
Salz
Pfeffer
1 EL Butter
Petersilie

1. Den Ofen auf 250 Grad vorheizen. Die Kartoffeln einzeln in Alufolie wickeln und 50 Minuten backen. Unter fließendem Wasser abkühlen und schälen.
2. Den Kopf der Garnelen entfernen und schälen. Die Schalen und Köpfe der Garnelen zusammen mit dem Sellerie, der Karotte, den Zwiebeln und dem Thymian im Olivenöl anbraten. Den Wein

dazugeben, verdunsten lassen und dann 6 Tassen Wasser dazugeben. Zudecken und bei mittlerer Hitze 10 Minuten kochen.

3. Den Saft durchseihen. Die Kartoffeln zusammen mit 5 Tassen Saft im Mixer pürieren. Die Sahne, das Salz und den Pfeffer hinzufügen und die Mischung bei niedriger Hitze kochen.
4. Die Garnelen in grobe Stücke schneiden. Im Butter, mit Pfeffer und Salz gewürzt, anbraten. Die Suppe mit den Garnelen und dem Basilikum garniert servieren.

PENNE MIT MAJORAN

1 Packung Penne
4 geputzte zarte Artischocken, in sehr dünne Scheiben von 4 – 5 mm geschnitten und mit Zitronensaft beträufelt
3 EL Weißwein
1 fein geschnittene Zwiebel
1 fein geschnittene Knoblauchzehe
½ Teetasse Olivenöl
½ TL Zucker
½ TL getrocknetes Basilikum
½ TL Thymian
3 geschälte und in Würfel geschnittene reife Tomaten
3 EL geriebener Parmesan oder Pecorino

1. Die Artischocken, die Zwiebel, den Knoblauch, den Zucker, den Thymian, das Basilikum, den Wein und 8 Esslöffel Wasser in eine breite antihaftbeschichtete Bratpfanne geben. Die Zutaten dünsten, ohne zu rühren (die Pfanne auf der Kochstelle hin und her bewegen - so fallen die Artischocken nicht auseinander). Sobald alle Flüssigkeit verdunstet ist, das Olivenöl dazugießen und anbraten.
2. Die Tomaten und den Pfeffer hinzufügen, den Herd abstellen und die Pfanne zudecken.
3. Die Teigwaren kochen und durchseihen, wobei man eine Teetasse von der Flüssigkeit zurückbehält. Die Teigwaren, die Soße und die Flüssigkeit mischen und auf einer Platte anrichten. Mit dem Käse bestreuen und servieren.

"PITA" MIT OLIVEN, GETROCKNETEN TOMATEN UND THYMIAN

½ kg Fertigmehl
½ kg Maismehl
1 Teetasse fein geschnittene Oliven (Kalamata-Oliven oder andere in Essig eingelegte Oliven)
1 Teetasse fein geschnittene getrocknete Tomaten
½ Teetasse fein geschnittener Oregano
½ TL Thymian
½ TL Zucker
½ TL Salz
3 Eier
½ Teetasse Olivenöl
2 Teetassen Orangensaft
3 Backpulver
Weißer Sesam
Schwarzer Sesam

1. Das Olivenöl, den Orangensaft, die Gewürze, die geschlagenen Eier, die Gewürzkräuter, die Petersilie, das Salz, den Pfeffer und den Zucker in eine große Schüssel geben. Kräftig umrühren, so dass alle Zutaten sich gut vermischen.
2. In kleinen Mengen das Mehl, das man mit dem Backpulver vermischt hat, hineingeben, wobei man ständig umrührt. Die Oliven und Tomaten gut mit Mehl bestreuen und ebenfalls hineingeben. Das restliche Mehl hinzufügen, bis die Mischung eindickt und homogen wird (nicht zu dickflüssig, eher einem Cake-Teig ähnlich).
3. Ein ziemlich tiefes Backblech ölen und mit ein wenig Maismehl bestäuben. Die Mischung hineingeben und mit weißem und schwarzem Sesam bestreuen. Bei 180 Grad ungefähr eine Stunde backen. Sobald die "pita" kalt geworden ist, in Stücke schneiden.

MIT THYMIAN UND GRÜNER ZITRONE AROMATISIERTES ÖL

1 Teetasse extra natives Olivenöl
Schale von einer grünen Zitrone
4 Thymianzweigchen
1 Holzspießchen
1 Flasche

1. Die Schale der grünen Zitrone auf das Holzspießchen stecken.
2. In eine sterilisierte Flasche die Thymianzweigchen geben und das Spießchen mit der Zitronenschale hinzufügen. Die Flasche mit extra nativem Olivenöl füllen und gut verschließen.

LORBEER

ZWIEBELCHEN IN ESSIG

2 kg runde Zwiebelchen (Typ "kokari")
1 kg weißer Essig
100 g Zucker
Ein paar Basilikumblätter
4 Lorbeerblätter
Salz
6 – 7 Pfefferkörner

1. Die Zwiebelchen schälen und 3 Minuten in heißes Salzwasser tauchen, in das man ein paar Löffel Essig gegeben hat. Die Zwiebelchen gut abtrocknen und in die Gläser füllen, indem man etwas drückt.
2. Den Zucker, das Basilikum und den Lorbeer in den Essig geben und zum Sieden bringen. Durchseihen und die Flüssigkeit in die Gläser gießen.
3. In jedes Glas einige Pfefferkörner und frische Basilikumblätter geben. Die Gläser hermetisch verschließen und an einem kühlen und dunklen Ort verwahren.

Die Milch in eine Pfanne geben
und ein bis zwei Loreerblätter hinzufügen.
Erwärmen, aber nicht zum Sieden bringen.
Verwenden Sie diese aromatisierte
Milch, um Puddinge oder Cremes zu machen

Eingemachtem Essiggemüse ("toursi") und Konserven verleihen Lorbeerblätter einen besonderen Geschmack. Vergessen Sie nicht, dass frische Lorbeerblätter ein stärkeres Aroma haben als getrocknete.

PAPPARDELLE MIT KANINCHEN UND LORBEER

1 Hase oder Kaninchen, in Portionen geschnitten
½ Teetasse Olivenöl
Etwas Mehl
1 fein geschnittene große Zwiebel
2 in Scheiben von 1 cm Dicke geschnittene Karotten
2 fein geschnittene Selleriestangel
½ Teetasse Rotwein
1 Teetasse Weißwein
3 EL Sahne
1 Packung Pappardelle

Für die Marinade
1 ½ Teetassen Cognac (Brandy)
1 EL Essig
1 EL Zucker
2 Knoblauchzehen
Etwas Rosmarin
3 Lorbeerblätter
2 EL getrockneter Thymian
Salz
Pfeffer
1 Teetasse Wasser

1. In einer Schüssel alle Marinadenzutaten mit dem Hasen mischen. 24 Stunden im Kühlschrank lassen (das Kaninchen 3 Stunden). Die Marinade weggießen und die Hasenstücke im Mehl wenden.
2. In einem breiten Topf nacheinander alle Fleischstücke im Olivenöl auf allen Seiten leicht anbraten. Das Fleisch herausnehmen und im Öl die Zwiebel, die Karotte und den Sellerie dünsten. Den Hasen wieder dazugeben und mit dem Wein ablöschen. 6 – 8 Tassen Wasser dazugießen. Auf kleinem Feuer 1 ½ bis 2 Stunden kochen, bis das Fleisch sehr sehr weich ist (40 – 50 Minuten für ein Kaninchen).
3. Das Fleisch herausnehmen und, nachdem man sich vergewissert hat, dass keine Knöchelchen im Topf zurückgeblieben sind, die Soße kochen, bis sie eindickt. Unterdessen vom Fleisch die Knochen entfernen und es in kleine Stücke teilen. Die Soße im Mixer pürieren und noch einmal bei ständigem Umrühren erhitzen. Sobald sie zu kochen beginnt, die Sahne und den zerstückelten Hasen hineingeben. Den Herd abschalten.
4. Die Pappardelle 4 Minuten kochen, abtropfen lassen, in eine tiefe Platte geben und mit der Hälfte der Soße vermischen. Die andere Hälfte darüber gießen und servieren.

MAJORAN

BRATLINGE MIT OLIVEN UND MAJORAN

3 Teetassen natives Olivenöl
½ kg Fertigmehl
½ Teetasse entkernte und halbierte schwarze Oliven
½ Teetasse entkernte und halbierte grüne Oliven
1 fein geschnittene mittelgroße Zwiebel
1 TL fein geschnittener Majoran
Salz
Pfeffer

1. In einer großen Schüssel den Majoran, die Zwiebel, die Oliven, Salz und Pfeffer mischen. Das Mehl dazugeben und so lange rühren, bis sich alle Zutaten darin gut vermengt haben. Allmählich lauwarmes Wasser dazugießen, bis sich ein mäßig dicker Brei gebildet hat.
2. Das Olivenöl heiß machen und die Mischung löffelweise hineingeben. Die Bratlinge auf beiden Seiten goldbraun werden lassen. Herausnehmen und auf saugfähigem Küchenpapier abtropfen lassen. Warm oder kalt servieren.

TARTELETTES MIT KÄSE UND MAJORAN

300 g Mehl
130 g Butter
1 Ei
4 dünne Scheiben Schinken
1 kleine rote Zwiebel
300 g frischer Ziegenkäse
8 Majoranblättchen
4 kleine Tomaten
extra natives Olivenöl
Salz

1. Mit dem Mixer das Mehl und die Butter (weich) in kleinen Mengen verrühren. Das Ei, eine Prise Salz und ½ Liter kaltes Wasser dazugeben und so lange bearbeiten, bis ein gleichmäßiger Teig entsteht. In eine Alufolie gewickelt 30 Minuten im Kühlschrank ruhen lassen.
2. Die Zwiebel in dünne Scheiben schneiden und 10 Minuten in 2 EL Olivenöl und 2 EL Wasser dünsten. Den Schinken in dünne Streifen geschnitten dazugeben, die Hitze erhöhen und 3 – 4 Minuten braten. Den Teig in 4 Blätter von 2 – 3 mm Dicke ausrollen und damit entsprechende Backformen von 12 cm Durchmesser auslegen. Den Boden mit einer Gabel einstechen und darin Zwiebeln und Käse, die mit einer Prise Salz vermischt wurden, sowie die in Streifen geschnittenen Majoranblätter verteilen. Zum Schluss noch die in Scheiben geschnittenen Tomaten dazugeben.
3. Die kleinen Tarten bei 180 Grad 20 – 25 Minuten im Ofen backen und lauwarm oder kalt servieren.

FENCHEL

CONCHIGLIE MIT HUMMER UND FENCHEL

(für 6 Personen)
1 Packung Conchiglie (Muschelnudeln)
1 großer Hummer
½ Teetasse Olivenöl
2 EL fein geschnittener Fenchel
1 fein geschnittene große Zwiebel
1 Teetasse ungeharzter Wein
1 EL Tomtatenpüree
1 Lorbeerblatt
1 fein geschnittene frische reife Tomate
Salz
Frisch gemahlener Pfeffer

1. Den Hummer mit viel Wasser waschen und in grobe Stücke schneiden. In einem großen Topf das Olivenöl heiß machen und die Hummerstücke hineingeben. 4 – 5 Minuten anbraten und mit dem Wein ablöschen.
2. Den Lorbeer, das Tomatenpüree, die frischen Tomaten und 4 – 5 Tassen Wasser dazugeben. Zudecken und bei mittlerer Hitze 15 – 20 Minuten kochen.
3. Die Conchiglie, den Fenchel, das Salz und etwas Pfeffer hinzufügen. Rühren und auf kleinem Feuer noch 10 Minuten kochen. Sofort servieren.

MIESMUSCHELN MIT WEIN UND FENCHELSAMEN

60 Miesmuscheln
1 fein geschnittene große Zwiebel
½ Flasche trockener Weißwein
2 EL Olivenöl
1 ½ EL Mehl
2 EL Fenchelsamen
½ TL Muskat
Eine Prise Salz
3 – 4 frisch gemahlene grüne Pfefferkörner

1. Die Muscheln sehr gut waschen und bürsten, so dass sie völlig frei von Schmutzpartikeln sind. Mit einem Messer alles entfernen, was eventuell darauf klebt.

2. In einem breiten Topf die Muscheln 6 Minuten dünsten. Vom Feuer nehmen und bei jeder Muschel die Hälfte der Schale entfernen. Auf eine Platte geben und warm halten.
3. In einem zweiten Topf die Zwiebel dünsten und mit dem Wein ablöschen. Die Fenchelsamen, das Salz und den Muskat dazugeben und 8 Minuten auf kleinem Feuer kochen lassen. In

Vielleicht die vortrefflichste Geschmacksverbindung der kretischen Küche: frischer Spinat mit Fenchelkraut, langsam auf kleinem Feuer gekocht, mit Tintenfisch.

einem Glas Wein das Mehl auflösen und bei kräftigem Rühren der Soße hinzufügen. Gleichmäßig über die warmen Muscheln gießen und mit dem frisch gemahlenen grünen Pfeffer bestreuen.

MIT INGWER UND FENCHELSAMEN AROMATISIERTES ÖL

1 ungefähr 3 cm dickes Stück Ingwer
2 TL Fenchelsamen
1 Tasse Olivenöl
1 Flasche 225 ml

1. Den Ingwer in dünne Scheiben schneiden. In einem Mörser die Fenchelsamen leicht zerdrücken.
2. Die Gewürze in die Flasche geben und das Olivenöl dazugießen. Die Flasche gut verschließen.
3. Nach zwei Wochen die Gewürze aus der Flasche entfernen.

SEPIEN MIT FENCHEL UND SPINAT

1 kg Sepien
1 Teetasse Fenchel
2 Teetassen Spinat
2 Frühlingszwiebeln
1 fein geschnittene kleine trockene Zwiebel
1 in kleine Würfel geschnittene mittelgroße Tomate
Saft von einer großen Zitrone
1 Teetasse Olivenöl
Salz
Pfeffer

1. Die Tintenfische putzen und gut waschen.
2. In einem großem Topf mit schwerem Boden das Olivenöl heiß machen und die Trockenzwiebel 1 – 2 Minuten dünsten, die Tintenfische hineingeben und sie auf allen Seiten anbraten. 3 Tassen Wasser dazugeben, zudecken und auf kleinem Feuer mindestens 40 – 45 Minuten kochen.
3. Das fein geschnittene Gemüse, die frischen Zwiebelchen, die Tomate, das Salz, den Pfeffer und, falls nötig, ein bisschen Wasser beigeben. Zudecken und bei niedriger Hitze weiter kochen, bis das Gemüse gar ist.
4. Mit dem Zitronensaft übergießen, mischen und 10 – 15 Minuten ruhen lassen. Servieren.

SAFRAN

SÜSSSPEISE MIT SAFRAN

240 g frische Butter
160 g Zucker
2 Eier
4 Teetassen Mehl

Für die Füllung:
1 kg Ricotta oder anderer süßer Weichkäse ("myzithra")
2 – 3 in sehr wenig Wasser aufgelöste Staubfäden Safran
1 Ei
3 EL Zucker
1 Eigelb (zum Bepinseln)
Zimt

1. Die Butter und den Zucker bei mittlerer Geschwindigkeit 3 Minuten mit dem Mixer verrühren. Die Eier und das Mehl allmählich hinzugeben, bis der Teig weich und luftig wird. In kleine gebutterte Formen von 4 cm Höhe gießen.
2. Alle Zutaten der Füllung gut mischen.
3. Die Formen mit der Ricotta Mischung bis oben auffüllen und die Oberfläche mit dem Eigelb bestreichen. Ein bisschen Zimt darüber streuen und im vorgeheizten Ofen bei 180 Grad ungefähr 30 Minuten backen.
4. Ganz erkalten lassen und aus der Form nehmen. Immer kalt essen.

PAPPARDELLE MIT SAFRAN

400 g Pappardelle
1 EL fein geschnittene Zwiebel
1 Knoblauchzehe
1/4 TL süßer Paprika
2 fein geschnittene Tomaten
3/4 Teetasse trockener Weißwein
1 Teetasse kräftige Hühnerbrühe
1 Prise Zucker
1 Teetasse geriebener Greyerzer
Olivenöl
Salz

1. In einer tiefen, antihaftbeschichteten Pfanne unter ständigem Rühren den Knoblauch und die Zwiebel, mit dem Paprika gewürzt, im Olivenöl dünsten.
2. Den Knoblauch herausnehmen und die Tomaten hinzufügen. Dünsten, bis sie weich sind, und mit Wein ablöschen. Den Alkohol verdunsten lassen und die Brühe mit dem Zucker beigeben. Zudecken und auf kleinem Feuer 5 Minuten köcheln lassen.
3. Reichlich Wasser zum Kochen bringen, Salz und Safran dazugeben. Die Pappardelle 4 - 5 Minuten darin kochen lassen. Herausnehmen und auf einer heißen Platte servieren. Mit der Soße übergießen und viel Käse darüber streuen.

ROSE

MANDELKEKSE MIT ROSE

(für ungefähr 40 Stück)
2 Eiweiß
1 Eigelb
600 g Zucker
Saft von einer kleinen Zitrone
2 – 3 Bittermandelessenz
3 Tropfen Rosenwasser
1 kg gehäutete und zerriebene Mandeln
Saft einer halben Zitrone
1 – 2 EL Semmelbrösel
2 Teetassen Puderzucker

1. In einer Schüssel die Eiweiße mit dem Zucker und wenigen Tropfen Zitronensaft schaumig schlagen
2. Das Eigelb, die Mandeln und die Bittermandelessenz dazugeben und verrühren. Kleine, runde Mandelkekse formen (falls der Teig zu dünnflüssig ist, etwas Semmelbrösel hinzufügen).
3. Die Kekse auf ein mit Pergamentpapier ausgelegtes Backblech legen und bei 200 Grad 15 Minuten backen. Sobald sie goldgelb sind, aus dem Ofen nehmen und sofort mit Rosenwasser beträufeln. Kalt werden lassen und mit viel Puderzucker bestreuen.

ROSÉWEINESSIG MIT ROSENBLÄTTERN

1 l Essig
80 g Blütenblätter von aromatischen Rosen

1. Die Rosen früh am Morgen pflücken. Die Blütenblätter waschen und den unteren gelben Teil entfernen. In den Essig geben.
2. 10 Tage gären lassen, durchseihen und die Flüssigkeit in eine Flasche füllen.

Dieser Essig eignet sich gut für Kartoffelsalat.

Griechischer Joghurt serviert mit Marmelade aus Rosenblättern.

KLATSCHMOHN

BROT MIT MOHNSAMEN

1 ½ kg Weißmehl
2 Teetassen Zucker
6 EL frische Butter in Zimmertemperatur
2 EL Olivenöl
1 TL Salz
5 Eier
½ EL Zimt
45 g frische Hefe
2 EL Milch
2 EL Mohnsamen

1. Das Olivenöl, die Butter, den Zucker und die in zwei Tassen lauwarmem Wasser aufgelöste Hefe 2 Minuten mit dem Mixer auf niedriger Stufe schlagen. Die 4 Eier, den Zimt und das Salz dazufügen und weitere 3 Minuten auf niedriger Stufe schlagen. Weitere 8 Minuten schlagen, indem man allmählich das Mehl dazugibt. Dabei kontrolliert man ständig den Teig: er sollte weich und elastisch werden. Falls nötig noch ganz wenig lauwarmes Wasser oder Mehl hinzufügen.
2. Den Teig in einer mit Klarsichtfolie und einem Baumwolltuch bedeckten Schüssel 45 Minuten ruhen lassen, bis er das doppelte Volumen erreicht hat. Auf eine bemehlte Oberfläche bringen und in Portionen teilen. Den Broten die gewünschte Form geben.
3. Die Brote in ein leicht geöltes Backblech legen, mit einem Tuch zudecken und ungefähr 30 Minuten gehen lassen. Den Ofen auf 200 Grad vorheizen. Ein Ei und die Milch mit dem Schneebesen schlagen und damit die Oberfläche der Brote bepinseln. Mit reichlich Mohnsamen bestreuen und bei mäßiger Hitze ungefähr 50 Minuten backen, bis die Brote tief goldgelb werden.

PIKANTER KAROTTENKUCHEN MIT MOHNSAMEN

1 Teetasse Honig
½ Teetasse Olivenöl
½ Teetasse Margarine
250 g geriebene Karotten

1 TL geriebene Orangenschale
1 Teetasse Joghurt
2 geschlagene Eier
1 ½ EL Mohnsamen
1 TL Zimt
1 TL geriebene Nelken
3 EL in Wasser gequollene schwarze Rosinen
170 – 180 g Fertigmehl
1 TL Backpulver

1. Den Ofen auf 180 Grad vorheizen. Ein rundes Backblech (Springform 20 cm) leicht einbuttern.
2. In einer Schüssel das Öl, die Margarine und den Honig zu einer homogenen, luftigen Masse verarbeiten. Den Joghurt, die Gewürze, die Eier und die geriebene Orangenschale beigeben, indem man die Masse immerzu schlägt. Schließlich die abgetropften Rosinen und den Mohnsamen hinzufügen.
3. Das Mehl mit dem Backpulver mischen. Nach und nach das Mehl in die flüssige Masse geben und gut rühren, damit sich alle Zutaten gut vermischen. Die Mischung in die Springform geben, mit einem Spachtel glatt streichen und bei 200 Grad 10 Minuten backen. Die Temperatur auf 180 Grad herabsetzen und noch weitere 20 Minuten backen. Sobald der Kuchen kalt geworden ist, schneiden.

FEIGE

FRISCHE FEIGEN IM BLÄTTERTEIG

(für 10 Personen)
6 große frische Feigen, geschält und in Stücke geschnitten
2 EL weißer Zucker
2 EL Walnüsse

1 EL Rosinen
½ TL Zimt
1 kleines Stück zerstoßener Mastix
1 EL Cognac
7 "phyllo"-Teig-Blätter (Blätterteig)
Puderzucker

1. Den Ofen auf 180 Grad vorheizen. Die Feigen, den Cognac, die Rosinen, den Zucker und einen Löffel Wasser in einen kleinen Topf geben. Zudecken und 5 Minuten auf kleinem Feuer kochen. Den Topf vom Feuer nehmen und die Gewürze sowie die Walnüsse dazugeben. Mischen und kalt werden lassen.
2. Auf einer glatten Oberfläche das eine Teigblatt ausbreiten und buttern. Die übrigen Teigblätter eins nach dem anderen ebenfalls buttern und auf das erste Teigblatt legen. Die Mischung auf den Teigblättern ausbreiten und das Teigblatt sorgfältig so rollen, dass die Füllung gut eingewickelt wird.
3. Im Ofen bei 180 Grad 45 Minuten backen. Mit Puderzucker bestreuen und servieren.

SPARGELN

SPARGELN MIT SESAM

500 g Spargeln
1 EL Butter
4 fein geschnittene Frühlingszwiebeln
½ TL geriebene Zitronenschale
1 EL Zitronensaft
1 EL leicht gerösteter Sesam
Salz
Frisch gemahlener schwarzer Pfeffer

1. Die Spargeln putzen und waschen.
2. Die harten Teile entfernen und in kleine Stücke schneiden. In einen Topf mit Salzwasser geben. 8 – 10 Minuten kochen, bis die Spargeln ziemlich weich geworden sind.
3. In einer Pfanne mit schwerem Boden die Butter schmelzen, die frischen Zwiebeln hineingeben und eine Minute dünsten. Den Saft und die geriebene Schale der Zitrone sowie die Spargeln dazugeben.
4. Sachte umrühren und die Spargeln 3 Minuten dünsten, bevor man mit Salz und Pfeffer würzt.
5. Die Spargeln auf einer warmen Platte anrichten und mit viel Sesam bestreuen.

TARTE MIT SPARGELN UND GRÜNEN OLIVEN

Eine Backform 25 cm
3 Eier
280 ml Sahne
½ TL Salz
1 Prise Muskat
Frisch gemahlener Pfeffer
1 EL Mehl
300 g grüne Spargeln (Konserve)
90 g grüne Oliven
1 fein geschnittene Zwiebel
1 Stück Butter
45 g geriebener Cheddarkäse
1 EL geriebener Parmesan
30 g Butter

1. Den Ofen auf 200 Grad vorheizen. Die Eier mit der Sahne schlagen und mit dem Salz, Muskat und dem frisch geriebenen Pfeffer würzen. Ein wenig davon mit dem Mehl vermengen, so dass eine weiche Paste entsteht, und in die Sahnemischung zurückgeben.
2. Die Spargeln und die Oliven in die Backform legen. Die Zwiebel in etwas Butter dünsten und mit dieser Soße über die Spargeln geben. Danach die Sahnemischung darüber geben. Mit dem geriebenen Cheddar und Parmesan bestreuen und die 30 g zerlassene Butter darüber gießen. 25 Minuten backen.
3. Die Ofenhitze auf 180 Grad herabsetzen und noch mindestens 15 Minuten backen, bis die Oberfläche goldgelb wird.

Knackiger Spargel mit frischer Butter serviert und mit gesundem, wohlschmeckendem Sesam bestreut, auf herrlich rote Tomaten gebettet.

RANKE

KOPFSALAT MIT RANKE

4 – 5 Kopfsalatherzen
20 frische Saubohnen
1 Büschel Ranke
1 TL fein geschnittener Dill
Salz

Für die Soße:
4 EL Olivenöl
3 EL Weinessig
1 zerdrückte Knoblauchzehe
Salz
Pfeffer

1. Den Kopfsalat und die Ranke waschen und gut abtropfen lassen.
2. Den Kopfsalat und die Ranke schneiden und in eine Schüssel geben. Salzen und die enthülsten Saubohnen darübergeben.
3. Das Olivenöl, den Essig, den Knoblauch, das Salz und den Pfeffer zusammen mit einem Esslöffel warmen Wassers in ein gut verschließbares Glas geben. Kräftig schütteln, bis sich eine dickflüssige, trübe Soße gebildet hat. Damit den Salat übergießen. Mit Dill garnieren und servieren.

WEIZENSALAT MIT ERBSEN, RANKE UND TOMATEN

(für 8 Personen)
6 Teetassen Wasser
2 Teetassen Weizen
5 EL Olivenöl
2 ½ EL Rotweinessig
1 Teetasse frische oder tiefgekühlte Erbsen
2 Teetassen halbierte frische Rankenblätter
3 entkernte, fein geschnittene Tomaten
Rankenblätter

1. Die 6 Tassen Wasser mit dem Weizen in einem mittelgroßen Topf zum Kochen bringen. Sobald der Siedepunkt erreicht ist, auf mittlere Hitze herabsetzen. Den Topf halb zudecken und köcheln lassen, bis der Weizen weich geworden ist (ungefähr 45 Minuten). Gut abtropfen lassen. In einer großen Schüssel das Olivenöl mit dem Essig mischen, salzen und über den Weizen gießen. In den Kühlschrank stellen.
2. Inzwischen die Erbsen kochen, bis sie weich sind. Abtropfen lassen und in einer Schüssel mit eiskaltem Wasser 1 Minute kühlen. Wieder abtropfen lassen. Die Erbsen dem Weizen zugeben. Zudecken und in den Kühlschrank stellen.
3. Die Ranke und die Tomaten in die Weizenmischung geben und gut vermischen. Ziemlich salzen. Den Salat in einer Salatschüssel anrichten und mit Ranke garnieren.

Geschmack und Gesundheit dank Mittelmeerkost! Weizen, Ranke, Erbsen, Tomaten und Olivenöl, ein Gericht, das an die altgriechische und römische Küche erinnert.

ZICHORIE

ZICHORIE MIT LAMM UND KORIANDER

1 kg fein geschnittene wilde Zichorie
1 kg in Stücke geschnittenes Lamm, vom Schulterblatt
2 fein geschnittene Zwiebeln
2 fein geschnittene große reife Tomaten
3/4 Teetassen Olivenöl
1 TL getrockneter Koriander
4 Körner Piment
Salz
Frisch geriebener Pfeffer (nach Belieben)

1. Die Zwiebeln im Olivenöl dünsten, bis sie glasig geworden sind, und das in Stücke geschnittene Fleisch hineingeben. Anbraten, bis das Lamm eine goldgelbe Farbe angenommen hat. Das Salz, den Koriander, den Piment und zwei Tassen Wasser dazugeben. Gut mischen, zudecken und ungefähr 40 Minuten auf kleinem Feuer kochen.
2. Wenn das Fleisch fast gar ist (mit der Gabel prüfen), die Zichorie, die Tomaten und etwas Wasser hinzufügen, rühren und weitere 20 – 30 Minuten kochen lassen. Das Gericht mit frisch gemahlenem schwarzem Pfeffer warm servieren.

ZICHORIE MIT TOMATEN

1 kg wilde Zichorie
3 fein geschnittene große Zwiebeln
½ Teetasse Olivenöl
3 fein geschnittene Tomaten
4 EL Essig
Sehr wenig Zucker
Sehr wenig Salz
Frisch gemahlener Pfeffer (nach Belieben)

1. Die Zwiebeln im Olivenöl dünsten, bis sie glasig werden. Die Zichorie, die Tomaten, das Salz, den Essig und zwei Tassen Wasser hineingeben.
2. Köcheln lassen und probieren, ob die Zichorie genug gar ist. Falls nötig, mit etwas Essig abschmecken. Mit viel frisch gemahlenem Pfeffer warm servieren.

BRENNNESSEL

BRENNNESSEL-TEIGTASCHEN

Für die Füllung:
1 kg Brennnesseln
3 Frühlingszwiebeln
½ Teetasse fein geschnittene in Essig eingelegte Oliven
½ Teetasse fein geschnittene Walnüsse
4 Teetassen Olivenöl
Sehr wenig Kümmel
Salz
Pfeffer

Für den Phyllo-Teig (Blätterteig):
2 Teetassen Mehl
1 EL Wodka
4 EL Olivenöl
1 Teetasse lauwarmes Wasser
Salz

1. Die Brennnesseln putzen, waschen und in viel Wasser kochen.
2. Herausnehmen, abtropfen lassen und zusammen mit der Zwiebel in einer tiefen Pfanne 10 Minuten dünsten. Die Oliven, die Walnüsse, den Kümmel, das Salz und den Pfeffer dazugeben. Probieren und nach Belieben mit etwas Kümmel oder Pfeffer pikanter machen.
3. Den Phyllo-Teig auf folgende Art und Weise zubereiten: den Wodka, das Olivenöl, das Salz, etwas Mehl und lauwarmes Wasser in den Mixer geben. Auf niedriger Stufe 10 Minuten verquirlen und nach und nach das Mehl dazugeben, indem man stets die Konsistenz des Teiges prüft.
4. Auf einer leicht bemehlten Fläche den Teig ausrollen und in 7 cm breite und 30 cm lange Streifen schneiden. Der Länge nach etwas Füllung auf die Teigstreifen geben, schließen und wickeln, so dass sie kleine Spiralen formen. In viel Olivenöl braten und warm servieren.

BRENNNESSELSUPPE

1 kg Brennnesseln
1 fein geschnittene frische Zwiebel
1 fein geriebene mittelgroße Zwiebel
1 große Kartoffel
4 EL Olivenöl
1 gestrichener EL frische Butter
3 Teetassen Hühnerbrühe
1 Teetasse Milch
Ein paar frische Pfefferminzblätter
Salz
Pfeffer

1. Mit Plastikhandschuhen die Brennnesseln putzen und waschen. 17 Minuten kochen, mit der Lochkelle herausnehmen und gut abtropfen lassen.
2. In einem Topf die Butter zerlassen und die Zwiebeln darin leicht dünsten. Das Öl, die Kartoffel und die Hühnerbrühe dazugeben und 20 Minuten kochen.
3. Die Kartoffel zerschneiden und zusammen mit den Brennnesseln im Mixer pürieren. Den Brei aus Brennnesseln und Kartoffeln in den Topf geben, die Milch dazugießen und kräftig rühren. Mit Salz und Pfeffer abschmecken.
4. Die Suppe mit frischen Pfefferminzblättern garnieren und servieren.

FENCHELSUPPE MIT BRENNNESSELN

1 kg grob geschnittene Brennnesseln
1 Büschel Fenchel, nur die zarten Teile
1 Teetasse fein geschnittene Haftdolde ("kafkalithra")
1 geriebene große Zwiebel
½ Teetasse Olivenöl
1 mäßige Hand voll Caroline-Reis
Saft einer Zitrone
Salz
Pfeffer

1. Die Brennnesseln 3 Minuten in heißem Wasser kochen. Die übrigen Kräuter fein schneiden und etwas zwischen den Handflächen zerreiben.
2. Die Zwiebel im Öl dünsten, bis sie glasig wird. Dann die Kräuter hineingeben: die Brennnesseln, die Haftdolde und den Fenchel. Auf kleinem Feuer 8 Minuten dünsten.
3. Etwas Salz, Pfeffer sowie 5 Tassen Wasser hinzufügen. Zum Sieden bringen und die Suppe 10 Minuten kochen lassen. Den Reis dazugeben und bei niedriger Hitze noch weitere 12 Minuten köcheln lassen.
4. Mit Salz und Pfeffer abschmecken und den Zitronensaft dazugeben. Sofort servieren.

KAPER

FUSILLI MIT THUNFISCH, KAPERN UND ZITRONENSAFT

1 Packung Fusilli
1 Dose Thunfisch in Wasser
½ Teetasse extra natives Olivenöl
1 EL Kapern
2 Anschovis-Filets
1 TL fein geschnittene Petersilie
1 TL fein geriebenes frisches Basilikum
1 TL geriebene Zitronenschale

1. Die Anschovis in eine Schüssel geben. Mit einer Gabel zerdrücken. Während man die Anschovis so zu einem Brei verarbeitet, gibt man nach und nach das Olivenöl dazu.
2. Den abgetropften Thunfisch hinzufügen und diesen ebenfalls zerdrücken. Die Petersilie, das Basilikum, 3 – 4 Tropfen Zitronensaft und die Kapern dazugeben.
3. Die Teigwaren in viel Salzwasser kochen. Abtropfen lassen und in eine große Schüssel geben. Die Soße darüber gießen und mit zwei Gabeln kräftig mischen. Mit der geriebenen Zitronenschale sowie eventuell mit Käse bestreuen.

HÜHNERSÜLZE MIT KAPERN

1 mittelgroßes, in Portionen geschnittenes Huhn
2 gekochte Eier
1 ½ EL feine Kapern
3 – 4 in Scheiben geschnittene saure Gurken
Saft von zwei frischen Zitronen
Salz
Grüner Pfeffer (Körner)
Fein gemahlener Pfeffer
4 – 5 Gelatinen

1. Das Huhn in einem Liter Salzwasser zugedeckt gar kochen.
2. Mit einer Lochkelle das Huhn herausnehmen und erkalten lassen. Die Brühe durch ein feines Sieb passieren und kalt werden lassen (oder 40 Minuten in den Kühlschrank stellen) - so kann das Fett entfernt werden, das an die Oberfläche steigt.
3. Die Knochen und die Haut entfernen, das Huhn in kleine Stücke schneiden und in eine flache und breite Schüssel oder längliche Form geben. Pfeffern und salzen und die Kapern und Gurken darüber geben. Obenauf die in Scheiben geschnittenen Eier legen.
4. Die Gelatinen in einer Tasse lauwarmer Hühnerbrühe auflösen. Der übrigen kalten Hühnerbrühe zusetzen, kräftig rühren und über das Huhn und die Eier gießen.
5. 8 – 10 Stunden in den Kühlschrank

stellen, damit die Sülze fest wird. In Stücke schneiden und servieren.

CONCHIGLIE MIT KAPERN, ROSMARIN UND SONNENGETROCKNETEN TOMATEN

1 Packung Conchiglie (Muschelnudeln)
1 EL Kapern in Salz
½ Teetasse Olivenöl
2 zerdrückte Knoblauchzehen
4 sonnengetrocknete Tomaten (in Öl)
1 scharfe Paprikaschote (halbiert)
1 Stück frischer Rosmarin
20 g Pinienkerne
Frisch gemahlener Pfeffer
Salz
Geriebener Käse

1. Die Kapern 1 – 2 Stunden in Wasser einlegen. Abspülen und beiseite legen.
2. Den Knoblauch 1 – 2 Minuten im Olivenöl leicht dünsten, die fein geschnittenen Tomaten dazugeben, mischen und die Paprikaschote, die Pinienkerne, den Rosmarin und die Kapern hinzufügen.
3. Die Conchiglie in reichlich Salzwasser kochen, durchseihen und auf eine Platte geben. Die Soße darüber gießen und gut vermengen. Mit viel frisch gemahlenem Pfeffer und geriebenem Käse servieren.

KARTOFFELSALAT MIT KAPERN

(für 6 Personen)
5 mittelgroße Kartoffeln
1 grob geschnittene große Zwiebel
1 EL Kapern
1 TL fein geschnittene frische Minze
5 – 6 gesalzene schwarze Oliven
½ Teetasse extra natives Olivenöl
Salz
Frisch gemahlener Pfeffer
2 EL Rotweinessig

1. Die Kartoffeln ungeschält mit viel Wasser waschen und 30 Minuten in reichlich Wasser kochen. Kalt werden lassen und schälen. In große Stücke schneiden und in eine Schüssel geben.
2. Die Zwiebel, die Kapern, die Minze und etwas Salz hinzufügen und mit zwei Löffeln alles gut vermischen. Das Olivenöl, den Essig, etwas Salz und 2 Tropfen lauwarmes Wasser in ein gut verschließbares Glas geben, schließen und schütteln, bis die Mischung einen cremefarbenen Ton bekommen hat und alle Zutaten gut miteinander vermengt sind.
3. Die Soße über den Kartoffelsalat gießen, mit Pfeffer bestreuen und servieren.

Wilde Kaper, die auf den Mauern des Klosters "Chrysoskalitissa" in Chania wächst. Sie erinnert an die weiße Sommerrose.

Säubern von frischer Kaper auf der Insel Tinos.

MIT BROT UND KAPERN GEFÜLLTE EIER

6 Eier
4 EL Butter
2 EL Senf
1 EL Mayonnaise
1 EL Kapern
Salz
Pfeffer

1. Die Eier in Wasser mit etwas Essig und Salz 15 – 20 Minuten kochen.
2. Schälen, der Länge nach halbieren und das Eigelb herausnehmen. Mit einer Gabel das Eigelb zerdrücken und die Butter, die Mayonnaise, den Senf, die Kapern und das Salz dazugeben. Gut mischen und damit die Eiweißhälften füllen.
3. Mit Pfeffer bestreuen, 30 Minuten in den Kühlschrank stellen und servieren.

ZUNGENFILETS MIT KAPERN GEFÜLLT

(für 6 Personen)
6 Zungenfilets
1 Teetasse feine Kapern in Essig
4 EL frische Butter
1 Büschel fein geschnittene Petersilie
1 Teetasse Brot ohne Rinde
1 kleine Packung Sahne
Salz
Pfeffer

1. Die Fischfilets waschen und mit saugkräftigem Küchenpapier abtrocknen.
2. Die Kapern mit viel Wasser waschen. Abtropfen lassen. In eine Schüssel geben und das von der Rinde befreite Brot, die Petersilie, die Hälfte der Butter (kalt und in kleine Stückchen geschnitten), das Salz und den Pfeffer hinzufügen.
3. Mischen und auf die Filets streichen. Diese dann fest zusammenrollen und mit zwei Zahnstochern fixieren.
4. Die Rollen in eine feuerfeste Form legen, mit Salz und Pfeffer würzen, die restliche Butter darauf geben und mit der Sahne übergießen. Bei 200 Grad 30 – 40 Minuten im Ofen backen, bis sich eine bräunliche Kruste bildet.

KAPERNSOSSE

(für 4 Personen)
50 g Mehl
1 EL geriebene Kapern in Essig
1 EL ganze Kapern in Essig
1 EL Butter
1 EL Essig

1. ½ Liter Wasser heiß machen.
2. Einen Löffel Butter bei niedriger Hitze in einem Topf zerlassen, das Mehl dazugeben und gut rühren, damit sich keine Klumpen bilden. Etwa 2 Minuten kochen.
3. Unter ständigem Rühren nach und nach das heiße Wasser in die Butter-Mehl-Mischung gießen. Einen Löffel Essig und die Kapern hinzufügen.
4. Zudecken und auf sehr kleinem Feuer 30 Minuten köcheln lassen. Den Herd abstellen und zugedeckt noch 15 Minuten auf der Kochstelle stehen lassen. Die Soße eignet sich gut für Zungenfilets, Schnitzel usw.

Sonnengetrocknete Tomaten, Kaper und Rosmarin mit Teigwaren.

GRANATAPFEL

SALAT MIT HÜLSENFRÜCHTEN, WEIZEN UND GRANATAPFEL

½ Teetasse "schwarzäugige" weiße Bohnen
½ Teetasse kleine weiße Bohnen
½ Teetasse Saubohnen
½ Teetasse Kichererbsen
1 Teetasse Weizenschösslinge oder gekochter Weizen
1 Teetasse Granatapfelkerne
3 EL Olivenöl
1 EL Essig
Salz

1.Die weißen Bohnen, die Saubohnen und die Kichererbsen 8 Stunden in Wasser einlegen und quellen lassen. Die einzelnen Hülsenfrüchte in verschiedenen Töpfen kochen, bis sie weich sind. Abtropfen lassen und mit viel Wasser abspülen. In eine Schüssel geben, mischen und mit den frischen Weizensprossen, dem Olivenöl, dem Salz und Essig vermengen.
2. Auf einer großen Platte anrichten und mit Granatapfelkernen garnieren.

"PETIMEZI" AUS GRANATÄPFELN

20 sehr reife Granatäpfel
½ Teetasse Zucker
½ Teetasse Zitronensaft

1. Die Granatäpfel vorsichtig aufschneiden, indem man oben und unten ein dünnes Schalenstück entfernt.
2. Übers Kreuz einschneiden und in Stücke brechen. Die Granatapfelkerne herauslösen.
3. Die Granatapfelkerne in kleinen Mengen in ein Mulltuch geben und mit den Händen auspressen. Man sollte keine Entsafter verwenden, denn der sehr starke Druck auf die Kerne würde dazu führen, dass der "petimezi" einen bitteren Geschmack erhält.
4. Den Granatapfelsaft zusammen mit dem Zucker und Zitronensaft in einem Topf zum Sieden bringen und so lange auf starkem Feuer kochen, bis nur noch 1 ½ Tassen von der dunkelfarbigen Flüssigkeit übrig geblieben sind. Erkalten lassen und in eine Glasflasche gießen. Im Kühlschrank aufbewahrt hält sich der "petimezi" über ein Jahr.

KRETISCHER SALAT MIT GRANATAPFEL-"PETIMEZI"

½ kg fein geschnittene bittere Wildzichorie
2 Teetassen fein geschnittene Endivie
1 EL fein geschnittener Lauch
2 fein geschnittene Frühlingszwiebeln
1 TL frische Minze
2 EL natives Olivenöl
4 EL Granatapfel-"petimezi" (eingedickter Saft)
Salz

1. Die Zichorien, Lauch und die Endivie putzen und waschen. Abtropfen lassen und klein schneiden. In eine Schüssel geben, das Öl darüber träufeln und salzen. Mit dem Granatapfel-"petimezi" übergießen und servieren.

Hülsenfrüchte mit Granatapfelkernen – ein traditionelles heiliges Gericht, das Gott dargebracht wurde, mit der Bitte, der Erde weiterhin Fruchtbarkeit zu schenken.

BORETSCH

ERFRISCHENDER SALAT MIT BORETSCH UND GURKE

1/4 Teetasse süßer griechischer Frischkäse ("myzithra")
6 EL griechischer Joghurt
2 EL fein geschnittene gehäutete Mandeln
1 EL fein geschnittene Gurke
1 Teetasse fein geschnittene zarte Boretschblätter und -sprosse
1 EL Zitronensaft
2 EL Olivenöl
Salz
20 Boretschblüten (zum Garnieren)

1. Den Frischkäse, den Joghurt, das Öl und den Zitronensaft im Mixer 3 Minuten verquirlen.
2. Die Mandeln, die Gurke, den Boretsch und das Salz dazugeben und mit einer Holzkelle sachte rühren, bis sich die Zutaten gut vermischt haben.
3. Probieren und nach Belieben mit etwas Salz oder Zitronensaft abschmecken. Die Mischung in kleine gläserne Schalen verteilen. Eine Stunde im Kühlschrank kalt stellen. Vor dem Servieren mit den Boretschblüten garnieren.

Erfrischender Salat mit Boretsch, Gurke und Mandeln.

PORTULAK

HÜHNCHEN MIT PORTULAK

1 kg Portulak
1 kg kleine Zucchini
1 Hühnchen in Stücken
2 geviertelte Kartoffeln
2 – 3 fein geschnittene frische Tomaten
1 fein geschnittene große Zwiebel
½ Teetasse Rotwein
1 Teetasse Olivenöl
Salz
Frisch gemahlener schwarzer Pfeffer

1. Das Hühnchen und die Zwiebel im Olivenöl anbraten, bis sie eine leichte Farbe bekommen haben. Mit dem Wein ablöschen, zwei Tassen Wasser dazugießen, zudecken und auf kleinem Feuer ungefähr 35 Minuten kochen.
2. Die Kartoffeln und eventuell noch etwas Wasser dazugeben und weitere 15 Minuten zugedeckt kochen.
3. Die Zucchini, den Portulak, die Tomaten, das Salz und den Pfeffer hinzufügen und den Topf schütteln, damit das Gemüse sich gut mit dem Hühnchen vermischt. 25 – 30 Minuten weitergaren, bis alle Flüssigkeit außer dem Öl verdampft ist. Lauwarm oder auch kalt servieren.

VERSCHIEDENES

GEBRATENE PUTE MIT AROMATISCHEN KRÄUTERN

(für 12 Personen)
1 Pute von ungefähr 3 kg
1 EL frischer Rosmarin
1 EL Thymian
1 EL Bohnenkraut
1 TL frischer Majoran
1 kleines Büschel Salbei, Rosmarin und Thymian
1 TL grüner Pfeffer
3 EL Olivenöl
3 EL frische Butter
2 TL grobes Meersalz
½ kg Hühnerflügel

Für die Soße:
½ Teetasse Cognac
2 EL Butter
½ Teetasse Allzweckmehl
4 Teetassen Hühnerbrühe
2 EL Sahne
1 TL getrockneter Thymian

1. Die Pute waschen. Den Hals entfernen, die Innereien herausnehmen und diese zusammen mit den Hühnchenflügeln in viel Wasser kochen. Die Brühe beiseite stellen.
2. Die gewaschene Pute abtropfen lassen und innen pfeffern und salzen. Das Büschel mit den Gewürzen in die Pute legen und zunähen. Die Keulen mit Schnur zusammenbinden, damit die Pute ihre Form behält.
3. In einer Schüssel den Rosmarin, Majoran, Thymian, das Bohnenkraut, Olivenöl, grobe Salz und etwas Pfeffer mischen. Die Pute mit dieser Mischung überall einreiben, so dass auf ihrer Haut die Kräuter und das Salz haften bleiben.
4. Die Pute mit der Brust nach oben auf das Backblech legen. Mit zwei Tassen Brühe sowie mit der zerlassenen frischen Butter übergießen. Das Blech auf geringer Höhe in den auf 180 Grad vorgeheizten Ofen schieben. Bei 200 Grad 50 Minuten braten. Die Pute mit Alufolie bedecken und bei 180 Grad noch einmal 1 Stunde braten.
5. Die Alufolie entfernen. Mit einer weiteren Tasse Brühe übergießen und noch 40 Minuten fertig braten. Die Pute herausnehmen, auf einer Platte anrichten, mit Alufolie bedecken und noch 25 Minuten ruhen lassen, bevor man sie zerschneidet.
6. Inzwischen die Soße auf folgende Art und Weise zubereiten: Den Saft, der sich im Backblech gebildet hat, durchseihen und beiseite stellen. Den Cognac in eine Schale geben und darin das Mehl auflösen, bis sich eine Paste bildet. Die Butter in einem Topf zerlassen und den Thymian dazugeben. Mischen und den Putesaft sowie zwei Tassen Hühnerbrühe hinzufügen. Schließlich die Cognac-Mehlmischung hineingeben. Mit einem Holzlöffel immer wieder rühren, bis sie eindickt. Die Sahne dazugießen und mit etwas Pfeffer und Salz abschmecken.
7. Die Pute wird in Stücken zusammen mit dieser Soße serviert. Dazu passt gut ein grüner Salat aus bitteren Kräutern.

GERÄUCHERTES SCHWEINEFLEISCH MIT DREI KRÄUTERN

(für 8 Personen)
2 kg Schweinefleisch
(Schulterstück mit Knochen)
1 Büschel getrockneter
Oregano
1 Büschel getrockneter Salbei
1 Büschel getrockneter Thymian
Zitronenblätter
Salz

1. Das in grobe Stücke geteilte Fleisch 8 – 10 Stunden vorher salzen.
2. Auf einem Rost platzieren und darunter ein Blech mit Wasser stellen. Anfangs bei 200 Grad 30 Minuten grillen, dann mindestens weitere 70 Minuten bei 180 Grad.
3. Sobald das Fleisch Farbe annimmt und gar ist, die Flüssigkeit im Blech leeren. Alle Kräuter in ein großes Tongefäß geben und anzünden. 1 – 2 Minuten brennen lassen, löschen und das Gefäß sogleich unter den Rost mit dem Fleisch stellen, um es zu räuchern.
4. Auf einer glatten Oberfläche 2 – 3 Pergamentpapiere ausbreiten, darauf ein paar Zitronenblätter streuen und das warme Fleisch darauf legen. Sofort gut einpacken und mindestens 1 Stunde erkalten lassen. Das Fleisch mit reichlich Soße kalt servieren.

HÜHNCHEN MIT KRÄUTERKRUSTE

4 kleine Hühner
60 g Vollkornmehl
1 TL gemahlener getrockneter Thymian
1 TL gemahlener getrockneter Majoran
1 Zitrone
Frisch gemahlener Pfeffer
2 TL getrockneter Thymian
2 TL getrockneter Majoran
1 geschlagenes Ei
60 g Butter

1. Den Ofen auf 200 Grad vorheizen. Das Mehl in eine Schüssel geben und mit den gemahlenen Kräutern, der abgeriebenen Zitronenschale sowie dem Pfeffer mischen.
2. Einen halben Teelöffel von jedem Kraut und eine Zitronenscheibe in jedes Hühnchen geben und gut schnüren. Mit dem geschlagenen Ei bepinseln und mit drei Viertel des Mehls bestreuen.
3. Die Butter in einem Backblech zerlassen. Die Hühnchen hineinlegen und mit der Butter bestreichen. 30 Minuten im Ofen braten. Noch einmal mit der Butter bestreichen und mit dem restlichen Mehl bestreuen. Noch einmal 15 Minuten in den Ofen schieben, bis sie mit einer knusprigen Kruste bedeckt sind.

PIKANTES FISCHFILET MIT MINZE UND KORIANDER

1 großes Filet Seebarsch oder Meerbrachsen
1 EL zerstoßener Koriander
3 Knoblauchzehen
1 EL süßer Paprika
½ kg Joghurt
½ Teetasse Olivenöl
Salz
Pfeffer

1. In einer Schüssel mit dem Schaumbesen den Joghurt, das Olivenöl, den Knoblauch, die Minze und alle Gewürze schlagen.
2. Den Fisch in eine tiefe Schüssel legen und die Marinade darübergießen. Den Fisch 1 Stunde marinieren. Herausnehmen, leicht mit Papier abwischen und sogleich auf dem Holzkohlengrill oder im Ofengrill 20 – 30 Minuten grillen, bis er Farbe angenommen hat, ohne aber seinen Saft zu verlieren.

PENNE MIT AROMATISCHEN KRÄUTERN

1 Packung Penne
2 Flaschenauberginen
1 grob geriebene große Zwiebel
1 fein geschnittene Knoblauchzehe
4 in dicke Scheiben (1 cm) geschnittene Zucchini
2 Dosen Tomaten in kleinen Stücken
1 EL Zucker
Salz
Pfeffer
1/3 Teetasse Olivenöl
½ TL getrocknetes Basilikum
½ TL getrockneter Thymian
½ TL getrockneter Oregano
Geriebener Greyerzer

1. Den Ofen auf 200 Grad vorwärmen.
2. Die Auberginen schälen und in Würfel schneiden. In Salzwasser einlegen. Nach einer Stunde gut abspülen und abwischen. Zusammen mit allen anderen Zutaten – außer dem Käse – ins Backblech geben.
3. Im vorgeheizten Ofen 20 – 30 Minuten backen, bis das Gericht Farbe angenommen hat und die Tomatensoße eingedickt ist.
4. Die Penne 7 – 8 Minuten kochen und mit dem warmen Gemüse, dem Käse und dem Pfeffer vermischen. Sofort servieren.

Geräuchertes Schweinefleisch mit Oregano, Salbei und Thymian.

TEIGWAREN MIT KRÄUTERN

1 EL Salbei
1 EL Rosmarin
1 EL Oregano
1 EL Thymian
1 EL Kerbel
1 EL Majoran oder Basilikum
3 Eier
2 3/4 Teetassen Hartweizengrießmehl
1 EL Olivenöl
Eventuell eiskaltes Wasser

1. Die Gewürzkräuter gut mischen. Die Eier mit dem Öl und der Kräutermischung schlagen und nach und nach das Mehl beigeben, so dass eine Teigkugel entsteht (etwas eiskaltes Wasser dazugießen, falls nötig).
2. Den Teig 15 Minuten kneten und noch einmal 15 Minuten gehen lassen.
3. Den Teig durch die Teigwarenmaschine lassen und in lange, dünne Streifen in der gewünschten Dicke schneiden (die Maschine entsprechend einstellen).

MARINIERTE OLIVEN MIT THYMIAN UND FENCHEL

3 Teetassen gewaschene und getrocknete Oliven verschiedener Art
1 Teetasse extra natives Olivenöl
4 Zweigchen frischer Thymian
1 ½ TL Fenchelsamen
2 Streifen Orangenschale
1/4 TL getrockneter roter Paprika, in Flocken
1 Lorbeerblatt
1 in feine, längliche Stücke geschnittene Knoblauchzehe
1/4 Teetasse frischer Zitronensaft

1. Die Oliven in ein großes Glas geben.
2. In einem Topf das Olivenöl, den Thymian, die Fenchelsamen, die Orangenschalenstreifen, die Paprikaflocken, das Lorbeerblatt und den Knoblauch mischen. 10 Minuten auf sehr kleinem Feuer erwärmen.
3. Die Mischung über die Oliven gießen. Darüber den Zitronensaft geben und das Glas verschließen. Mehrere Male schütteln, damit sich alle aromatischen Zutaten gut mit den Oliven vermischen.

4. Auf Zimmertemperatur abkühlen lassen und 10 Tage in den Kühlschrank stellen. Vor dem Servieren auf Zimmertemperatur bringen und das meiste Öl abtropfen lassen.

OMELETT MIT KRÄUTERN

(für 6 Personen)
10 Eier
2 EL Allzweckmehl
5 EL würziger Hartkäse
2 ½ EL frische Pfefferminze
5 EL Olivenöl
Salz
Pfeffer

1. Mit dem Schaumbesen die Eier in einer Schüssel schaumig schlagen. Das Mehl, den Käse, die Pfefferminze, das Salz und den Pfeffer dazugeben und die Mischung mit der Gabel so lange schlagen, bis sich alle Zutaten gut vermischt haben.
2. In einer antihaftbeschichteten Bratpfanne einen Esslöffel Olivenöl heiß machen. ½ Tasse der Ei-Mischung in die Pfanne geben und zudecken.
3. Das Omelett 3 Minuten auf jeder Seite braten, so dass eine Kruste entsteht.
   So viele Omeletts wie die Mischung hergibt zubereiten, die Omeletts rollen und auf einer mit Kopfsalatblättern belegten Platte servieren.

GRIECHISCHER SALAT MIT MINZE UND OREGANO

1 kg mittelgroße Tomaten
2 kleine Gurken
2 grüne Paprikaschoten
1 mittelgroße rote Zwiebel
175 g Fetakäse
125 g Kalamata-Oliven oder andere griechische Oliven

Für die Vinaigrette:
3 – 5 Zweigchen frische Minze
3 – 5 Zweigchen frischer Oregano
7 – 10 Zweigchen Petersilie
3 EL Rotweinessig
Salz
Pfeffer
125 ml extra natives Olivenöl

1. Die Minze- und Oreganoblätter von den Stielen abstreifen und grob

Pfefferminze und Minze passen gut zu Karotten, Erbsen, Mais und leicht säuerlicher geschnittener Tomate.

   schneiden.
2. In eine kleine Schüssel den Essig geben und mit Salz und Pfeffer würzen. Bei ständigem Schlagen das Öl nach und nach hineingeben, so dass die Vinaigrette etwas dickflüssiger wird. Die geschnittenen Gewürze hinzufügen, die Soße noch

einmal schlagen und mit Salz und Pfeffer eventuell abschmecken.

3. Das Gemüse zubereiten, indem man den Stielansatz bei den Tomaten entfernt und jede Tomate in dünne Scheiben schneidet. Die Gurken schälen, waschen und in Scheiben schneiden.
4. Den Stielansatz bei den Paprikaschoten herausschneiden, halbieren und die Samen und das innere Fruchtfleisch entfernen. Die Hälften zuerst in Streifen, dann in Würfel schneiden.
5. Die Zwiebel schälen und quer in dünne Ringe schneiden.
6. Den Käse in Streifen von 1.25 cm und dann quer in Würfel schneiden. Die Tomaten, die Gurken, den Paprika und die Zwiebelringe in eine große Schüssel geben. Die Vinaigrette-Soße kräftig schlagen und über den Salat gießen.
7. Den Salat und die Soße mischen. Die Oliven sowie den Käse dazugeben, noch einmal mischen und eventuell mit Salz und Pfeffer abschmecken.

SALAT MIT TRAUBEN

(für eine große Salatschüssel)
250 g Ranke
250 g Endivie
250 g Spinat
2 Karotten
30 weiße Traubenbeeren
4 – 5 Radieschen
3 EL Essig
1 EL Senf
1 TL Olivenöl
Salz
Pfeffer

1. Die zartesten Blätter wählen und in die Salatschüssel geben.
2. Die Karotten und Radieschen reiben und dem Salat beigeben. Die Traubenbeeren darüberstreuen und in den Kühlschrank stellen.
3. Das Olivenöl, den Essig, den Senf, das Salz und den Pfeffer im Mixer gut verquirlen und die Soße über den Salat gießen. Servieren.

EINGELEGTES GEMÜSE (GEFÜLLTE PAPRIKA)

1 kg grüne Paprikaschoten
1 klein geschnittener mittelgroßer Kohl
1 EL Salz
2 geriebene mittelgroße Karotten
4 – 5 zerdrückte Knoblauchzehen
1 Glas zerstoßener Fenchel
1 Glas fein geschnittene Petersilie
2 – 3 fein geschnittene Selleriestengel mit ihren Blättern

Für die Einlegeflüssigkeit:
2 L Wasser
40 – 50 g Salz
1 – 2 TL getrockneter roter Paprika, in Flocken

1. Den Kohl klein schneiden und salzen. Die Karotten, die Kräuter und den Sellerie dazugeben und damit die Paprikaschoten füllen, aus denen man zuvor die Samen entfernt hat. Die Füllöffnung mit Karottenrondellen verstopfen. Die Paprikaschoten in Gläser legen und die Zwischenräume mit Knoblauchzehen füllen.
2. Das Wasser gut kochen, erkalten lassen und nachdem man Salz und Pfeffer beigefügt hat, die Flüssigkeit in die Gläser gießen. Die verschlossenen Gläser bei Zimmertemperatur aufbewahren, aber

solange das eingelegte Gemüse reift, den Deckel nicht fest schließen, so dass die Gase, die sich bilden, austreten können. Nach 6 – 7 Tagen, wenn das eingelegte Gemüse gelb zu werden beginnt, ist der Reifeprozess abgeschlossen. Dann sollte man die Gläser in den Kühlschrank stellen, damit das Gemüse nicht sauer wird.

QUITTEN IM OFEN MIT GEWÜRZEN

3 geschälte und halbierte große Quitten
1 geschälte und fein geriebene Quitte
1 Teetasse süßer Wein
2 EL Raki oder Ouzo
1 EL Honig
8 Gewürznelken
1 TL Zimt
Saft von 2 Zitronen

1. Die Quitten schälen, halbieren, die Samen entfernen und in kaltes Wasser mit dem Saft der beiden Zitronen geben.
2. Den Ofen auf 200 Grad vorheizen. Die Quitten abtropfen lassen und in eine feuerfeste Schüssel legen. Auf jede von ihnen eine Gewürznelke stecken. Mit dem Zucker, der geriebenen Quitte und dem Zimt bestreuen. Den Honig im leicht erwärmten Wein auflösen. Diese Mischung zusammen mit dem Raki darübergießen und mit einer Alufolie bedecken.
3. Bei 180 Grad ungefähr 60 Minuten backen. Die Alufolie entfernen und noch weitere 10 Minuten backen, bis die Quitten Farbe angenommen haben. Die Quitten mit einem Löffel Joghurt oder etwas geschlagener Sahne servieren.

FEIGEN MIT HONIG UND GEWÜRZEN

10 - 15 getrocknete Feigen
1 Stange Zimt
3 Gewürznelken
1 Lorbeerblatt
1 TL Honig
1 Teetasse enthäutete Mandeln
1 Teetasse Thymiantee

1. Den Thymiantee, das Lorbeerblatt, die Feigen, den Zimt, die Gewürznelken und den Honig in einen Topf geben. Zwei Tassen Wasser beifügen und 6 - 8 Minuten köcheln lassen.
2. Zudecken und die Feigen in der Flüssigkeit weich werden lassen: sie sollen das Aroma der Gewürze in sich aufnehmen.
3. Im ihrem Sirup zusammen mit den Mandeln servieren.

BRATLINGE MIT VERSCHIEDENEN KRÄUTERN

250 g Weißmehl
60 g Maismehl
60 g Milch
2 geschlagene Eigelb
2 zerdrückte Knoblauchzehen
2 EL frische oder getrocknete Minze
2 EL frischer oder getrockneter Oregano
1 EL frischer oder getrockneter Majoran
1 EL frisches oder getrocknetes Basilikum
1 EL frischer oder getrockneter Thymian
Olivenöl zum Braten

Salz
Pfeffer
4 – 5 EL Joghurt

1. Das Weißmehl mit dem Maismehl, der Milch und den Eiern in einer Schüssel mischen, zudecken und eine halbe Stunde ruhen lassen.
2. Die Kräuter, den Knoblauch, das Salz und den Pfeffer in den Brei geben und gut rühren.
3. Das Öl in einer tiefen Bratpfanne heiß machen und 2 – 3 Esslöffel von der Mischung hineingeben. Braten, bis die Bratlinge eine leichte Farbe angenommen haben. Mit einer Lochkelle herausnehmen und auf saugfähiges Küchenpapier legen, damit das Öl absorbiert wird. Mit Joghurt servieren.

BROT MIT MAJORAN UND ROSMARIN

500 g Weißmehl
35 g frische Hefe
1 EL Weißwein
2 EL extra natives Olivenöl
2 EL fein geschnittener Rosmarin und Majoran
Grobes Salz

1. Das Mehl in eine Schüssel geben, in der Mitte eine Mulde eindrücken und die in einer halben Teetasse Wasser aufgelöste Hefe, den Wein, das Olivenöl und einen Löffel Kräuter hineingeben.
2. Zu kneten beginnen und immer wieder ein bisschen Wasser hinzufügen, bis man einen geschmeidigen Teig erhält. 10 – 15 Minuten zugedeckt ruhen lassen.
3. Ein Teigblatt von 1 ½ cm Dicke ausrollen und damit ein quadratisches Backblech auskleiden, dessen Boden man zuvor geölt hat.
4. Mit reichlich grobem Meersalz und den restlichen Kräutern bestreuen. Bei 200 Grad 35 – 40 Minuten backen. Kalt servieren.

BRIOCHE MIT KRÄUTERN

300 g Mehl
170 g Butter in Zimmertemperatur
4 Eier
15 g Hefe
1 TL Zucker
½ TL Salz
½ TL fein geschnittener Majoran
½ TL Oregano
½ TL grob gemahlener grüner Pfeffer

1. Das Mehl in eine Schüssel geben und in der Mitte eine Vertiefung eindrücken. Die in etwas lauwarmem Wasser aufgelöste Hefe, die in kleine Stücke geteilte Butter, die Eier, den Zucker, das Salz, den Pfeffer, den Majoran und Oregano hineingeben.
2. Die Mischung gut kneten, bis sich alle Zutaten gut vermischt haben und der Teig ziemlich geschmeidig ist. Mit einem Baumwolltuch zudecken und den Teig gehen lassen, bis er sein Volumen verdoppelt hat.
3. Eine Brioche-Form buttern, den Teig hineingeben, zudecken und 15 – 20 Minuten gehen lassen. Die Oberfläche mit etwas geschlagenem Eigelb bestreichen.
4. Bei 180 Grad 20 Minuten im Ofen backen. Die Temperatur auf 200 Grad erhöhen und noch einmal 20 Minuten backen.

Gebackene Quittenhälften mit karamelisierter Kruste
und einer Prise Zimt.

ROSINENBROT MIT ORANGE

1 kg Hartweizenmehl
350 g Rosinen
3 EL geriebene Orangenschale
3 TL trockene Hefe
150 g Zucker
1 TL Salz
3/4 Tasse lauwarme Milch
3 EL Olivenöl

1. Die Hefe zusammen mit einem Teelöffel Zucker in der Milch auflösen. Mischen und zugedeckt stehen lassen, bis die Milch schäumt.
2. In eine Teigschüssel das Mehl geben, mit dem Zucker vermischen und das Salz und die geriebene Orangenschale hineingeben. Die schaumige Hefe dazugießen und zu kneten beginnen. So viel Wasser wie nötig dazugeben, um einen geschmeidigen Teig zu erhalten. Sobald der Teig fertig ist, die gewaschenen und abgetropften Rosinen hinzufügen und gut in den Teig einarbeiten. Zum Schluss das Olivenöl dazugeben und so lange kneten, bis alles Öl absorbiert ist.
3. Den Teig zudecken und eine halbe Stunde ruhen lassen. Zwei oder drei Laibe formen, in längliche Cake-Formen oder auf das große Ofenbackblech legen, das man zuvor mit Pergamentpapier ausgelegt hat. Mit zwei Tüchern zudecken und gehen lassen.
4. Sobald das doppelte Volumen erreicht ist, mit Milch oder Eiweiß oder lauwarmem Wasser bestreichen, die Brotlaibe hier und da einstechen, damit sie nicht platzen, und im Ofen, den man auf 175 Grad vorgeheizt hat, backen. Nach etwa einer Stunde kann man das Brot herausnehmen.

MARMELADE MIT KRÄUTERN

Zu kaltem Fleisch, Teigtaschen ("pites") oder Käse servieren.

1 kg in Stücke geschnittene grüne Äpfel
500 g Zucker (auf 500 ml Saft)
30 g fein geschnittene frische Kräuter (Minze, Basilikum, Majoran, Rosmarin)
Saft einer Zitrone
1/4 Teetasse Apfelessig

1. Die zerschnittenen Äpfel in einen Topf (nicht aus Aluminium) geben, mit Wasser bedecken und so lange kochen, bis sie weich sind.
2. Über Nacht die Äpfel in ein Mulltuch geben, damit ihr Saft abtropfen kann. Die Menge des Saftes messen.
3. In einem anderen Topf den Zucker zusammen mit dem Saft leicht erwärmen, bis er sich auflöst. Die Kräuter in ein Mulltuch binden und

zusammen mit dem Zitronensaft und Essig dazugeben. Zum Kochen bringen und auf kleinem Feuer köcheln lassen, bis das Ganze eindickt ist.

4. Das Mullsäckchen mit den Kräutern herausnehmen und den Gelee in warme, sterilisierte Gläser gießen. Sobald er erkaltet ist, Zweigchen frischer getrockneter Kräuter dazugeben und sofort verschließen. Nicht vergessen, die Gläser anzuschreiben, sobald sie kalt sind.

SOSSE MIT OLIVENÖL, MINZE, SENF UND OREGANO

(für hart gekochte Eier)

½ Teetasse extra natives Olivenöl
2 EL Essig
1 TL fein geschnittene Minze
1 TL Oregano
1 TL Senf
1 EL Mehl
1 gestrichener TL Salz
2 – 3 Tropfen lauwarmes Wasser

1. Alle Zutaten in eine tiefe Schüssel geben und mit dem Schneebesen schlagen, bis sich alles gut vermischt hat und eine flüssige Masse entstanden ist.
2. Die Soße mit einer Klarsichtfolie bedecken und 45 – 50 Minuten in den Kühlschrank stellen. Diese kalte Soße über die hart gekochten Eier gießen.

FENCHELSOSSE

1 fein geschnittene Fenchelknolle
3 EL Butter
1 EL extra natives Olivenöl
1 Teetasse trockener Weißwein
½ Teetasse Milch

1. Den Fenchel zusammen mit zwei Esslöffeln Butter, dem Olivenöl und etwas Wasser in einen Topf geben. Den Wein dazugießen und auf sehr niedrigem Feuer kochen, bis der Fenchel gar ist.
2. In den Mixer geben und die restliche Butter sowie die Milch hinzufügen. So lange schlagen, bis die Mischung cremig geworden ist. Noch einmal etwas erwärmen, in eine Salatschüssel geben und servieren.

PESTO MIT BASILIKUM, MINZE UND ORANGE

3/4 Teetasse extra natives Olivenöl
1 Teetasse fein geschnittenes frisches Basilikum
½ Teetasse fein geschnittene frische Minze
½ Teetasse Walnüsse
2 EL geriebene Orangenschale
2 Knoblauchzehen
½ TL Salz
½ TL grüner Pfeffer

1. Walnüsse, Basilikum, Minze und Knoblauch in den Mixer geben und auf mittlerer Stufe pürieren.
2. Während dem Mixen allmählich

das Olivenöl, die Orangenschale, Salz und Pfeffer dazugeben. Sobald das Olivenöl absorbiert ist, die Soße probieren. Falls sie sehr dickflüssig ist, noch weitere 1 – 2 Esslöffel Olivenöl hinzufügen und noch einmal 2 – 3 Minuten verquirlen.

PESTO MIT PETERSILIE UND KAPERN

Schwarzbrot, ohne Rinde
1/4 Teetasse Rotweinessig
1/4 Teetasse fein geschnittene Petersilie
Salz
Frisch gemahlener Pfeffer
1 zerkleinertes hart gekochtes Ei
1 EL abgetropfte und zerschnittene Kapern
2 Teetassen extra natives Olivenöl

1. Das Brot im Essig 10 Minuten einweichen. Mit der Hand gut auspressen.
2. Das Brot mit Petersilie, Salz, Pfeffer, Ei und Kapern vermischen. Das Olivenöl dazugeben und gut mischen.
3. Den Pesto in eine Soßenschüssel füllen und servieren.

PESTO A LA GENOVESE FÜR TEIGWAREN

Eine Hand voll gewaschenes Basilikum
1 Knoblauchzehe
30 g Pinienkerne
30 g geriebener Greyerzer
30 g geriebener Pecorino
1 Glas Öl von guter Qualität
1 TL Salz

1. Das Basilikum, den Knoblauch und die Pinienkerne mit dem Mixer zerkleinern, in die Suppenschüssel geben und den Greyerzer, Pecorino und das Salz beifügen.
2. Die Mischung in Olivenöl langsam auflösen, indem man sorgfältig rührt, bis eine Creme entstanden ist.

AROMATISCHES ÖL MIT KNOBLAUCH, LORBEER UND ROSMARIN

Extra natives Olivenöl
3 Knoblauchzehen
6 kleine Lorbeerblätter
2 Zweigchen Rosmarin
6 Zahnstocher
1 Flasche

1. Die Knoblauchzehen schälen und halbieren. Mit den Zahnstochern je ein Lorbeerblatt aufspießen, ans Ende jedes Zahnstochers eine Hälfte Knoblauch stecken und in die Flasche geben.
2. Die Rosmarinzweigchen hineingeben, die Flasche mit dem extra nativen Olivenöl füllen und hermetisch verschließen.

ESSIG MIT VIER KRÄUTERN

(Dieser Essig eignet sich zum Aromatisieren von gemischten Salaten oder warmen und kalten Soßen.)

1 l Essig
2 Knoblauchzehen
1 Zwiebel

Sie werden über die Einfachheit dieser Süßigkeit staunen! Feigen, eingelegt in einem Sirup aus Honig, Thymiantee, Zimtstengeln und Gewürznelken.

Eine Prise Thymian
1 Büschel Petersilie
1 Zweigchen Rosmarin
Ein paar Salbeiblätter
5 Pfefferkörner
1 Lorbeerblatt

1. Alle Zutaten 5 Minuten kochen. Durchseihen und den Essig in eine Flasche gießen, sobald er erkaltet ist. Oder: Den Essig heiß machen und über die anderen Zutaten gießen. Das Gefäß dann zudecken, damit die Aromen nicht entweichen. Durchseihen und den Essig, sobald er kalt ist, in eine Flasche füllen.

ESSIG MIT HONIG UND KRÄUTERN

3 Teetassen Apfelessig
2 in Scheiben geschnittene Knoblauchzehen
½ Teetasse Honig
2 TL getrockneter Oregano
1 TL getrocknete Minze
1 TL getrockneter Thymian
Frische Thymianzweige

1. Alle Zutaten außer dem frischen Thymian in einem Topf (nicht Aluminium) 6 – 7 Minuten köcheln lassen. Erkalten lassen.
2. Die Mischung durch ein feines Baumwolltuch durchseihen und weiter durch einen Kaffeefilter passieren.
3. In sterilisierte Glasflaschen abfüllen und in jede Flasche frische Thymianzweige hineingeben. Gut verschließen und 3 Wochen aufbewahren, bevor man den Essig braucht.

ESSIG MIT LORBEER, THYMIAN UND SALBEI

4 Teetassen Essig
2 Lorbeerblätter
1 TL Thymian
1 TL Salbei

1. In eine Glasflasche mit relativ breitem Hals alle aromatischen Kräuter und den Essig hineingeben. Gut verschließen und an einem dunklen und kühlen Ort 2 – 3 Wochen aufbewahren.
2. Den Essig in eine zweite saubere Flasche durchseihen und die aromatischen Kräuter wegwerfen.

AROMATISCHER ESSIG MIT ROSMARIN UND ROSENPFEFFER

2 Teetassen Essig
1 Zweigchen frischer Rosmarin
1 TL Pfefferkörner

Mischung aus Gewürzkräutern und Gewürzen, mit Meersalz.

Eine Farbpalette, die einem Maler würdig wäre:
Soßen und dips aus Kaper, Basilikum, Thymian, Oregano,
Rosenblättern und Pfefferminze.

1. Den Rosmarin mit einem Tuch leicht abwischen und zusammen mit dem Pfeffer in eine Flasche geben. Die Flasche mit dem Essig auffüllen und sehr gut verschließen.
2. An einem kühlen und dunklen Ort 3 Wochen aufbewahren, bevor man ihn braucht.

MAYONNAISE MIT GRÜNEN KRÄUTERN

2 EL Apfelessig
1 Eigelb
1 ganzes Ei
2 Teetassen französischer Senf
2 EL frische Basilikumblätter
2 EL frische Oreganoblätter
1 EL Schnittlauch
Salz
Schwarzer Pfeffer
1 TL Zucker
1 Teetasse Oliven
1/4 Teetasse Joghurt

1. Essig, Eigelb, das ganze Ei und den Senf in den Mixer geben und etwa 10 Sekunden verquirlen.
2. Die Kräuter fein schneiden und zusammen mit dem Salz, Pfeffer und Zucker in die Mischung geben. 5 Sekunden mit dem Mixer verrühren.
3. Bei laufendem Mixer das Olivenöl ganz langsam dazugeben, bis die Mischung sehr dick und glatt geworden ist. Falls nötig noch mehr Olivenöl hinzufügen, damit die Mayonnaise eindickt. Schließlich bei laufendem Mixer langsam den Joghurt dazugeben.
4. Die Mayonnaise in ein Glas füllen, mit einem säurebeständigen Deckel verschließen und im Kühlschrank bis zum Gebrauch verwahren.

BOUQUET GARNI

(Kräutermischung für Suppen, Kochfleisch und Fisch)

1 Lorbeerblatt
1 Zweigchen Thymian
1 Zweigchen Petersilie
1 Zweigchen Selleriekraut

Zu einem Bündel zusammenschnüren oder in ein Stück Mulltuch einnähen. Geeignet zum Aromatisieren des Saftes von Fleisch und Fisch.

"ZA‘ ATAR"

(Libanesische Thymianmischung für Brote)

ZUTATEN
2 EL staubfein gemahlener Thymian
1 EL Sumach
1 TL gerösteter Sesam
½ TL staubfein gemahlener Majoran
2 EL Olivenöl

Alle Gewürze und Kräuter mit dem Olivenöl vermischen. Mit dieser Mischung arabisches Fladenbrot oder Brot bestreichen. Die Mischung kann auch dem Brotteig zugesetzt werden.

Kräuter verleihen Broten, Brioche, Kuchen und Keksen stets einen ganz besonderen Geschmack.

GEWÜRZMISCHUNG FÜR REIS

(für 8 Personen)
20 g getrocknete Rosenblätter
1 Stück Zimt
20 g Kardamomkörner
6 – 8 Krokusstaubfäden (Safran)
50 g Mandeln

Alle Zutaten mischen und im Mörser so lange zerstoßen, bis das Ganze sehr feinkörnig geworden ist. Ganz zuletzt dem Reis beigeben, untermischen und servieren.

KRÄUTERMISCHUNG FÜR HÜHNCHEN UND PUTE

1 TL Thymian
1 TL Oregano
½ TL Kümmel
½ TL schwarzer Pfeffer
1 TL Salz

Die Zutaten vermischen und damit das Huhn oder die Pute innen und außen einreiben.

KRÄUTERMARINADE FÜR GEGRILLTE FISCHSPIESSCHEN

1 TL frisch geschnittene Minze
2 – 3 Krokusstaubfäden (Safran)
½ TL Dill
1 fein geschnittene Knoblauchzehe
2 EL Olivenöl
3 EL Weißwein
½ TL Salz

1. Die Gewürze miteinander vermischen, das Olivenöl und den Wein dazugießen und die Mischung 2 – 3 Stunden bei Zimmertemperatur ruhen lassen.
2. Die Fischspießchen mit der Marinade bestreichen und grillen.

GETRÄNKE

SÜSSER TEE MIT SALBEI, THYMIAN UND HONIG

½ l Wasser
1 EL Salbei
1 TL Thymian
3/4 Tasse Raki oder "tsipouro"
4 – 5 EL Honig
5 ganze Pfefferkörner (falls erwünscht)

1. Das Wasser zum Sieden bringen und den Salbei und Thymian hineingeben. 4 Minuten kochen lassen.
2. Den Topf vom Feuer nehmen, durchseihen und den Raki oder "tsipouro" sowie den Honig hinzufügen. Gut rühren, damit sich die Zutaten gut vermischen. Alles noch einmal 3 Minuten aufkochen. Diesen Tee trinkt man am besten möglichst heiß.

TEE MIT MALVE, KAMILLE, LINDE, ANIS UND HONIG

1 TL Malvenblüten
1 TL Kamillenblüten
1 TL Lindenblüten und -blätter
½ TL Anissamen
1 EL Honig

In einen Topf mit schwerem Boden 5 – 6 Tassen Wasser geben. Leicht erwärmen und den Honig hinzufügen. Kräftig umrühren und zum Sieden bringen. Den Topf vom Feuer nehmen, die Kräuter dazugeben und zudecken. 10 Minuten ziehen lassen und durchseihen. Nach Belieben den Tee noch zusätzlich süßen.

TEE MIT GRÜNEM TEE UND PFEFFERMINZE

2 EL grüner Tee
6 EL Zucker
1 gute Hand voll frischer Pfefferminzblätter
6 Tassen Wasser
Wenige Streifen Orangenschale oder 1 TL Orangenblütenwasser (falls erwünscht)

1. Das Teekraut in eine Teekanne geben. Den Zucker, die Pfefferminzblätter und die Orangenschalenstreifen bzw. das Orangenblütenwasser hinzufügen. Das kochende Wasser aus einer Höhe von etwa 30 cm auf die Mischung in der Teekanne gießen. Gut umrühren und 10 – 15 Minuten ziehen lassen.
2. Eine Tasse mit dem Tee füllen und ihn dann wieder zurück in die Teekanne gießen, so dass der Tee schaumig wird. Wenn man den Tee noch schaumiger will, füllt man die Tassen so, dass man den Tee aus einer Höhe von ungefähr 30 cm eingießt.

ROSENSCHERBETT

600 ml kaltes Wasser
450 g Zucker
2 EL Zitronensaft
4 EL Rosenwasser
2 Tassen Rosenblütenblätter

1. Den Zucker, den Zitronensaft und das Wasser mischen und 2 Tage stehen lassen. Die Mischung zum Sieden bringen.
2. Köcheln lassen, bis die Mischung eindickt (Probe: auf der Löffelunterseite bleibt eine Schicht haften!).
3. Das Rosenwasser dazugeben und höchstens 2 – 3 Minuten weiter köcheln lassen. Den Sirup kalt werden lassen. In ein Glas oder eine Flasche gießen und hermetisch verschließen. An einem kühlen Ort aufbewahren und, sobald das Gefäß einmal geöffnet worden ist, in den Kühlschrank stellen.
4. Einen Esslöffel davon jeweils in kaltem Wasser auflösen und mit Eis kalt servieren.

ERFRISCHENDES GETRÄNK MIT ZITRONENSAFT UND PFEFFERMINZE

(für 1 Person)
4 Pfefferminzzweige
½ TL Zucker
Zerstückeltes Eis
½ Tl Zitronensaft
2 EL Grapefruitsaft
½ Tasse eiskaltes Tonic
Zitronenscheiben für die Dekoration

1. Zwei der Pfefferminzzweige zusammen mit dem Zucker zerstoßen und in ein Glas geben. Das Glas mit dem zerstückelten Eis auffüllen.
2. Den Zitronen- und Grapefruitsaft sowie das Tonic dazugeben. Gut umrühren und mit den restlichen Pfefferminzzweigen und den Zitronenscheiben dekorieren.

Erfrischendes Getränk, das aus Joghurt, Pfefferminze, Salz, Eis und einem bitteren Thymianlikör zubereitet wird.

ROSENHONIG

10 Tassen frische oder getrocknete aromatische Rosenblütenblätter
2 l Wasser
1 kg Honig

1. Die Rosenblätter in eine gläserne Schüssel geben. Mit dem siedenden Wasser übergießen, zudecken und 10 Stunden ziehen lassen. Mit einem Mulltuch filtern.
2. Die Flüssigkeit mit dem Honig vermischen, zum Sieden bringen und 1 – 2 Stunden köcheln lassen, wobei man den Schaum entfernt. In Glasflaschen an einem kühlen Ort aufbewahren.

TEE MIT ROSENSAMEN, HOLUNDERBLÜTEN UND ORANGENSCHALE

1 EL Rosensamen
1 TL Holunderblüten
1 TL Orangenschale
1 TL Honig

In einen Topf mit schwerem Boden 5 –6 Tassen Wasser geben. Leicht wärmen und den Honig hineingeben. Kräftig rühren und die Flüssigkeit zum Sieden bringen. Den Topf vom Feuer nehmen. Die Kräuter dazugeben und zudecken. 10 Minuten ziehen lassen und filtern. Nach Belieben noch mehr Honig oder Zucker hinzufügen.

QUITTENTEE

1 l Wasser
Trockene Schalen von 4 Quitten
1 kleine Zimtstange
3 Gewürznelken
Zucker oder Honig

1. Das Wasser zum Kochen bringen. Die Quittenschalen dazugeben und 4 – 5 Minuten köcheln lassen. Die Gewürze hinzufügen und noch einmal eine Minute köcheln lassen.
2. Vom Feuer nehmen und 2 Minuten ziehen lassen, bevor man filtert. Den Tee ungesüßt oder mit Zucker oder Honig servieren.

"KARTERAKI"

½ TL Salbei
1 TL Majoran
1 TL Diktamus
½ TL Kamille

1. Alle Kräuter in eine große Schüssel geben.
2. 4 Tassen 70 Grad heißes Wasser darübergießen. Mit einem Teller zudecken und 10 Minuten ziehen lassen. Durchseihen und sofort servieren.

KAMILLEN-ROSENTEE

(für 4 Tassen)
1 EL Kamille
2 EL aromatische Wildrosenblätter

1. 5 Tassen Wasser zum Kochen bringen. Hitze reduzieren. Sobald das Wasser nicht mehr kocht, die Blüten dazugeben und zudecken.
2. Nach 10 Minuten durchseihen und sofort servieren.

ERFRISCHUNGSGETRÄNK MIT JOGHURT UND PFEFFERMINZE

(für 6 Personen)
1 Tasse eiskaltes Wasser
1 Tasse eiskalter griechischer Joghurt
½ TL Salz
1 TL frische Minz- oder Pfefferminzblätter

1. Das Wasser und den Joghurt, denen man das Salz beigegeben hat, mit dem Mixer verquirlen. Ganz am Ende die leicht zerstoßene Minze oder Pfefferminze dazugeben.
2. Mit ein paar Minz- oder Pfefferminzblättern garnieren und in gestielten Gläsern mit 1 – 2 Eiswürfeln servieren.

Warmer und heilkräftiger Salbeitee, ein Lieblingsgetränk der Alten Griechen, die glaubten, dass es das Elixier der Jugend sei.

LIKÖR

AROMATISCHER LIKÖR MIT KRÄUTERN

3 Thymianzweige
3 Rosmarinzweige
1 Zitronenzweigchen
6 Salbeiblätter
6 Pfefferminzblätter
2 1/4 Tassen trockener Anisette - Likör
2 1/4 Tassen süßer Anisette - Likör
Schale von einer halben Orange, gewaschen, abgetrocknet und in Streifen geschnitten

1. Die Kräuter ohne zu waschen in ein trockenes, sauberes Glas geben. Die beiden Anisette-Liköre und die Orangenschale dazugeben. Das Glas hermetisch verschließen und 2 Monate an einem dunklen und kühlen Ort lagern.
2. Mit einem Mulltuch die Flüssigkeit filtern. Eine Flasche nehmen, ein paar Zweige der oben genannten Kräuter hineingeben und die filtrierte Flüssigkeit einfüllen. Die Flasche gut mit dem Stöpsel verschließen.

LIKÖR MIT ROSENBLÜTENBLÄTTERN

250 g rote Rosenblütenblätter (ungefähr 24 Rosenblüten)
2 ½ Teetassen Glasurzucker
6 Tropfen Vanilleessenz
1 Teetasse Wasser
1 TL Koriandersamen
2 ½ Teetassen Raki oder Wodka

1. Den weißen Teil der Blütenblätter entfernen.
2. In einem Topf einen Sirup zubereiten, indem man bei niedriger Hitze den Zucker im Wasser während 5 Minuten auflöst. Die Blütenblätter hinzugeben, ebenso die Koriandersamen. Noch weitere 5 Minuten kochen. Vom Feuer nehmen, mit einem Deckel zudecken und erkalten lassen.
3. Die Flüssigkeit in ein sterilisiertes Glas füllen, indem man mit einem Mulltuch abseiht. Den Raki oder Wodka hinzufügen. Hermetisch verschließen und an einem schattigen und kühlen Ort einen Monat stehen lassen.
4. Den Likör filtern und in eine Flasche abfüllen.

LIKÖR MIT THYMIAN UND BOHNENKRAUT

(für ein kleines Glas)
1 EL frischer Thymian (oberste Sprossteile mit Blüten)
1 TL Bohnenkraut
2 Gewürznelken
1 EL Honig
3 EL Zucker
½ l Cognac

1. Den Thymian und das Bohnenkraut ungewaschen in ein Glas geben.
2. Den Honig zusammen mit dem Zucker, den Gewürznelken und dem Cognac 2 – 3 Minuten kochen.
3. Die Mischung lauwarm in das Glas mit den Kräutern gießen und hermetisch verschließen.
4. 20 Tage an einem kühlen und dunklen Ort verwahren. Dieser Likör ist geeignet, um im Winter die wärmenden Tees zu aromatisieren oder ihnen eine intensivere Geschmacksnote zu verleihen.

PFEFFERMINZLIKÖR

(für eine große Flasche)
4 Bündelchen frische Pfefferminze
½ l Raki oder Wodka
½ l Ouzo
2 große Muskatnüsse
2 kleine Stücke Mastix
4 Gewürznelken
2 Teetassen Zucker

1. Einen Tag vorher die Pfefferminze waschen und gut trocknen lassen.
2. Die Pfefferminzbündelchen in ein großes Glas mit weiter Öffnung geben. Den Mastix, die Muskatnüsse, die Gewürznelken und den Zucker hinzufügen.
3. Das Glas gut verschließen und 12 bis 15 Tage in die Sonne stellen. Während dieser Zeit das Glas immer wieder leicht schütteln.
4. Nach diesem Zeitraum den Ouzo und Raki dazugeben und das Glas einen weiteren Monat in die Sonne stellen.
5. Die Flüssigkeit mit einem Mulltuch filtern und in einer Flasche an einem kühlen und dunklen Ort aufbewahren.

LIKÖR MIT QUITTEN

4 Quitten, viergeteilt
1 ½ Tassen Zucker
2 kleine Zimtstangen
5 Teetassen Wodka von bester Qualität

1. Die Quitten gut waschen und mit einem weichen Tuch den Flaum entfernen. In vier Stücke schneiden.
2. Die Stücke in den Mixer geben und zu groben Stücken verarbeiten.
3. Die zerstückelten Quitten in ein großes Glas mit weiter Öffnung geben und den Zucker, Zimt und Wodka hinzufügen.
4. Das Glas gut schütteln und an einem kühlen und dunklen Ort einen bis eineinhalb Monate stehen lassen.
5. Den Likör mit einen Mulltuch durchseihen und in gläserne Flaschen abfüllen.
6. Im Kühlschrank aufbewahren.

TRAUBENSIRUP

3 ½ kg blaue Trauben (sollten eine feste Haut haben und nicht erst kürzlich gespritzt worden sein)
900 g Zucker
1 ½ l Wasser
1 Zitrone (nur die Schale)
Ein paar sehr zarte Weinblätter

1. Die Trauben kurz waschen und die abgetrennten Beeren (3 kg) auf einem Tuch eine Stunde lang in der Sonne trocknen.
2. Unterdessen den Sirup vorbereiten: das Wasser mit dem Zucker und einem Stück Zitronenschale zum Kochen bringen. Zwei Minuten kochen lassen, vom Feuer nehmen und abkühlen lassen.
3. Die Beeren in die Gläser geben, wobei man diejenigen mit beschädigter Haut entfernt. Jedem Glas ein Stück Zitronenschale und zwei Weinblätter hinzufügen. Den Sirup über die Beeren gießen und zu drei Vierteln damit bedecken. Die Gläser hermetisch verschließen und 15 bis 20 Minuten sterilisieren.
4. An einem trockenen und dunklen Ort aufbewahren.

GETRÄNK MIT SAFRAN UND GEWÜRZEN

1 ½ l Raki oder "tsipouro" oder Wodka oder Grappa
500 g Zucker
5 (0,20 g) Safranstaubfäden
1 TL trockener Koriander
1 TL Gewürznelken
2 kleine Stücke Zimt
1 Muskatnuss

1. Die Gewürze (außer dem Safran) grob zerstoßen in ein Mulltuch binden und in ein Glas mit dem Raki geben. 40 Tage so stehen lassen, wobei man ab und zu umrührt.
2. Den Zucker mit einem Glas Wasser kochen und abgekühlt dem Raki beifügen.
3. Kurz bevor man die Mischung in die Flaschen füllt, die Safranstaubfäden dazugeben, so dass das Getränk die Farbe und die wohltätigen Essenzen des Krokus aufnimmt.

FEIGEN IN COGNAC

3 kg reife Feigen von fester Konsistenz
1 ½ kg Zucker
300 g Walnusskerne
2 Zitronen
½ l Cognac
1/3 Teetasse warmes Wasser

1. Die Feigen kurz waschen und ganz auf ein Leintuch in die Sonne zum Trocknen legen (eine Stunde).
2. Die Feigen aufmachen, in der Mitte von je einer Feigenhälfte den vierten Teil eines Walnusskerns platzieren und wieder zumachen. Sofort in übereinander liegenden Schichten ins Glas legen. Über jede Schicht etwas Zucker streuen (der Zucker muss für alle Feigen reichen) und etwas Zitronenschale, ein paar Tropfen Zitronensaft sowie den Cognac hinzufügen. Wenn das Glas voll ist (die letzte Schicht sollte etwa 1 cm unter die Glasöffnung reichen), ein paar Löffel gekochtes Wasser beigeben, damit etwas Sirup vorhanden ist, wenn die Feigen verzehrt werden.
3. Die Gläser verschließen und eine Dreiviertelstunde sterilisieren. An einem trockenen und dunklen Ort aufbewahren.

ROSEN IN WEIN

10 Teetassen ungeharzter Weißwein
2 Teetassen Rosenblütenblätter

Den Wein zum Kochen bringen und über die Blütenblätter gießen. 2 – 3 Stunden zugedeckt stehen lassen. Durchseihen und an einem kühlen Ort verwahren. Dieses tonische Getränk wird lauwarm getrunken.

SALBEI IN SÜSSEM WEIN

3 EL Salbei
1 l süßer Wein
1 Stück Zimt
2 Kümmelsamen

1. Den Wein in einem Topf 5 Minuten kochen. Den Salbei, Zimt und Kümmel dazugeben. Zudecken und weitere 3 Minuten kochen.
2. Den Wein mit den Kräutern in ein sauberes Gefäß gießen, verschließen und an einem kühlen Ort 10 Tage stehen lassen.
3. Durchseihen und den Wein in Zimmertemperatur servieren.

WEIN MIT ROSMARIN UND THYMIAN

2 l Rotwein
2 große frische Rosmarinzweige
1 TL Salbei
1 TL Thymian
1 Stück Zimt
100 g Zucker

1. Die Kräuter und den Zucker in ein großes Glas (mit weiter Öffnung) geben. Mit dem Wein übergießen und gut verschließen. 8 Tage stehen lassen. Während diesem Zeitraum immer wieder umrühren, damit sich der Zucker gut löst.
2. Die Mischung filtern und in Zimmertemperatur servieren.

PFEFFERMINZSCHERBETT

2 Teetassen Wasser
15 Blätter Pfefferminze
½ Teetasse dickflüssiger Zuckersirup
3 – 4 frische Pfefferminzblätter zum Garnieren
3 – 4 dünne Zitronenscheiben

1. Die Pfefferminzblätter in zwei Tassen Wasser bei 60 - 70 Grad kochen. Zudecken und 2 Tage stehen lassen.
2. Durchseihen und den Sirup der Flüssigkeit hinzufügen. Gut mischen und in kleinen Eiswürfelportionen mindestens 10 Tage tiefkühlen.
3. Die Eiswürfel mit dem Mixer zerkleinern und noch einmal tiefkühlen.
4. In Form von Kugeln in gestielten Gläsern anrichten und mit frischen Pfefferminzblättern und Zitronenscheiben garniert servieren.

PUNSCH MIT VERSCHIEDENEN KRÄUTERN

1 ½ l Rotwein
1 Stück Zimt
3 Gewürznelken
½ TL Kardamom
½ Teetasse Salbeitee
½ Teetasse Majorantee
½ Teetasse Thymiantee
1 ½ TL abgeriebene Orangenschale
1 TL abgeriebene Zitronenschale
6 EL Zucker
1 Teetasse Rosinen
1 Teetasse enthäutete und geschnittene Mandeln
1 TL Thymian- oder Boretschblüten

1. Den Wein mit den Gewürzen und dem Zucker auf einem Stövchen 20 Minuten kochen. Die Tees, die abgeriebene Zitronen- und Orangenschale, die Rosinen und Mandeln dazugeben und gut rühren.
2. Weitere 10 Minuten köcheln lassen.
3. Den Punsch mit Thymian- und Boretschblüten garnieren und warm servieren.

WICHTIGE KRÄUTER - GEMÜSE - FRÜCHTE UND IHRE VERWENDUNG IN DER KÜCHE

GEWÜRZPFLANZE	GESCHMACK	VERWENDUNG
KLATSCHMOHN Ganz (grüne Blätter) Weiß oder blau (Samen)	Süß, aromatisch, leicht trocken	In Kräuter-Teigtaschen, Broten, Keksen und Cakes
SAFRAN Ganz (Staubfäden)	Aromatischer, leicht bitterer Geschmack	Zum Färben von Gerichten, besonders in Reisgerichten, Cakes, gewissen Likören, Süßigkeiten
BASILIKUM Frische oder getrocknete Blätter	Süß, von intensivem Geschmack und Duft	In Pesto-Soßen, mit rohen und gekochten Tomaten, Auberginen, Spaghetti, Salaten, Fischen, Käse
LORBEER Frische oder getrocknete Blätter	Süß, diskreter Geschmack und intensiver Duft	In "bouquet garni", Suppen, Brühen, Topfgerichten, Wildbret, Puddingen
BORETSCH Blätter, Blüten	Frisch Erfrischender, etwas "feuchter" Geschmack, geruchlos	Die Blätter in Salaten, Suppen; ganze Blätter in Öl gebraten Blüten in erfrischenden Weinen, Salaten
KAMILLE Die Blütenköpfe, getrocknet	Süß diskreter Duft	Tee
ZICHORIE Blätter, Wurzel	Getrocknet oder frisch Bitter, "zusammenziehend"	Die Blätter in Salaten, die geröstete Wurzel als Kaffee-Ersatz, im Topf als Gemüse mit Fleisch
FENCHEL Blätter, Stengel, Zweigchen, Samen	Von intensivem Geschmack und Duft, süß	Für Fische, Lamm, Schweinefleisch. In Teigtaschen zusammen mit Wildkräutern. Samen als Gewürz in Broten, Cakes
MAJORAN Blätter, frisch oder getrocknet	Von intensivem Geschmack und Duft, leicht bitter	In "bouquet garni", ausgiebig verwendet für Fleisch und Gemüse, Puddinge, Brote
PFEFFERMINZE Blätter, frisch oder getrocknet	Erfrischender, intensiv aromatischer Geschmack	Für Soßen, Joghurt, Sommergemüse und Früchte, Tee, alkoholische Getränke, Süßigkeiten
OREGANO Blätter, frisch oder getrocknet	Intensiver, leicht bitterer Geschmack	Für Fleisch und Gemüse, in Füllungen und für Teigwaren, Pizza, Hackfleischklöße, Brote
ROSMARIN Blätter, Zweigchen, frisch oder getrocknet	Bitter, "trocken", von intensivem Geschmack und Duft	Lamm, Schweinefleisch, Fisch, Geflügel, Kartoffeln, Schnecken, Weine, aromatisierte Essige bzw. Öle.
SALBEI Blätter, Zweigchen, frisch oder getrocknet	Leicht bitter, intensiv aromatisch	Für Schweinefleisch, Füllungen, Soßen, Würste, Aale, Käse, Tee, Apfelsäfte, weiße Bohnen
BOHNENKRAUT Blätter, frisch oder getrocknet	Intensiver, pfeffriger Geschmack	Fleisch, Eier, Brote

WICHTIGE KRÄUTER - GEMÜSE - FRÜCHTE UND IHRE VERWENDUNG IN DER KÜCHE

GEWÜRZPFLANZE	GESCHMACK	VERWENDUNG
THYMIAN Blätter, Zweigchen, frisch oder getrocknet	Bitter, von intensivem Geschmack und Aroma	In allen pikanten Gerichten, "bouquet garni", Lauch, Spaghetti, aromatisierte Essige
GRANATAPFEL Blätter, Früchte, Sprosse	Erfrischen, aromatisch, süß-sauer	Süßigkeiten, Brote, Salate, Wildbret
QUITTE Früchte	Intensiv aromatisch, "zusammenziehend"	Süßigkeiten, Tee, Likörs, Schweinefleisch
LAUCH Die grünen Sprossteile	Süß und "warm"	"pites", Suppen, Salate
KAPER Früchte	Intensiv pikanter Geschmack Sweet, discrete aroma	In Teigwaren, Salaten, Pizza, Fleisch, Eiern, Fisch, Broten
MALVE Blätter, Sprossteile, Blüten	Erfrischend, süß	Für Fleisch, Tee
RANKE (RANKE) Blätter	Intensiver pfeffriger Geschmack	In Salaten mit Tomaten, Kopfsalat, Weizen; in frischen Teigwaren
BRENNNESSEL Blätter, erfrischend	Leicht bitter, "zusammenziehend", ohne Geruch	In "pites", Suppen, Risotto
PORTULAK Blätter	Süßer, erfrischender, saurer Geschmack, ohne Geruch	Für Salate, Joghurt, Huhn
SPARGEL Grüner Sprossteil	Süß, erfrischend, ohne Geruch	Für Salate, Fleisch, Suppen
DIKTAMUS (ERONTAS) Blätter und Blüten	Intensiver, leicht bitterer Geschmack	Tee
WILDROSE Blätter, Früchte	Süß, aromatisch, "zusammenziehend"; Früchte leicht sauer	Süßigkeiten, in Gewürzmischungen
FEIGE Früchte	Süß, leicht aromatisch	Für Süßigkeiten, in Salaten
TRAUBE Blätter, Früchte, Sprosse	Erfrischen, aromatisch, süß-sauer	Süßigkeiten, Brote, Salate, Wildbret

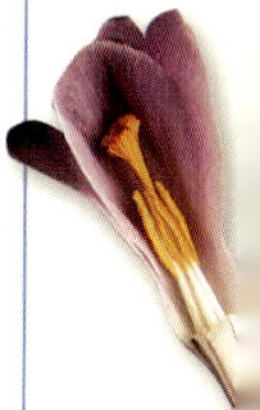

SCHAUBILD 1
Fettlösliche Vitamine

Vitamin A:
Karotten, Knoblauch, Zwiebel, Tomate, Spinat, Maulbeeren, Orange, Aprikose, Zitrone, Getreide, Milch, Eier, Lebertran, Kräuter / Gemüse.
Vitamin D:
Lebertran, Milch, Eier, Gemüse.
Vitamin E:
Getreide, Kardamom, Kohl, Spinat, Erbsen, Petersilie, pflanzliche Öle (besonders Erdnussöl), Mehl.
Vitamin K:
Kartoffeln, Tomaten, Erdbeeren, Spinat, Erbsen, Kohl.

SCHAUBILD 2
Wasserlösliche Vitamine

Vitamin B1:
Bierhefe, Getreidekörner, Reis, Karotten, Kopfsalat, Spinat, Tomaten.
Vitamin B2:
Grüne Bohnen, Weizenkörner, Kohlrübenblätter, Spargeln, Bierhefe, besonders in Fleisch, Eiern und Milch.
Vitamin B6:
Getreide (Reis, Gerste, Hafer), Soja, Bohnen, Walnuss.
Vitamin B12:
Gemüse z. B. Lauch, Wurzel des Kohls, Sellerie.
Vitamin PP:
Erdnüsse, Spargeln, Weizen, Vollkornmais, Reis, Bierhefe, Petersilie.
Vitamin P:
Zitrusfrüchte, Paprika, rote Beete, Kohl, Kopfsalat.
Vitamin C:
Zitrusfrüchte, Kohl, Radieschen, Tomaten, grüne Bohnen, Johannisbeeren.
Vitamin Bc:
Weizen, alle grünen Blätter, Bierhefe.
Vitamin B5:
Erdnüsse, Pilze, Weizen, Vollkornreis, Früchte, Gemüse.
Vitamin H:
Getreide

SCHAUBILD 3
Mineralstoffe

Kalzium:
Reis, Hafer, Gerste, Soja, Nüsse, Joghurt, Zwiebel, Erbsen, Kohl, Karotten, Tomate, Mais, Lauch, Aprikosen, Ananas, Kirschen, Käse, Eier.

Eisen:
Spinat, Petersilie, Erdbeeren, Sellerie, Brombeeren, Bananen, Ananas, Nüsse, Orangen, Aprikosen, Spargeln, Reis, Lauch, Eier.

Phosphor:
Getreide, Karotten, Erbsen, Soja, Zitrusfrüchte, Aprikosen, Mandeln, Haselnüsse, Kopfsalat, Zwiebel, Käse, Eier.

Jod:
In gewissen Mineralwassern, Seetang, Ananas, Knoblauch, Artischocken, Zwiebel, Spinat, Rüben.

Magnesium:
Zwiebel, Getreide, Zitrusfrüchte, Äpfel, Kirschen, Erdbeeren, Trauben, Pflaumen, Pfirsiche, Mandarinen, das echte Meersalz.

Kalium:
Weizen, Karotten, Kartoffeln, Tomaten, Erbsen, Kirschen, Trauben, Walnüsse, Haselnüsse, Äpfel, Erdnüsse, Zitrusfrüchte, Erdbeeren.

Kupfer:
Erbsen, Johannisbeeren, Feigen, Erdbeeren, Datteln, Edelkastanien, Kokosnuss, Orangen, Brombeeren.

Natrium:
Kochsalz, Orangen, Datteln, Kirschen, Edelkastanien, Erdnüsse, Äpfel, Pfirsiche, Spinat, Linsen, Karotten, Erdbeeren.

Schwefel:
Kohl, Zwiebel, Bananen, Kirschen, Spinat, Birnen, Zitrusfrüchte, süße Mandeln, Karotten, Spargeln.